André Mairock

Im Doktorhaus von Thalend

André Mairock

Im Doktorhaus von Thalend

Roman

rosenheimer

3., überarbeitete Auflage 1998

Titelbild: Michael Wolf, München
Satz: Buch-Werkstatt GmbH, Bad Aibling
Druck und Bindung: Ebner Ulm
Printed in Germany

ISBN 3-475-52930-0

1

Die Sonne war schon hinter den Kranz der Lechtaler Alpen gesunken und überstrahlte den klaren Himmel noch einmal glutrot. Die zerklüfteten Felszinnen, grotesken Schattengebilden gleich, standen schwarz in der grellen Lichtflut, als Doktor Richard Falger seinen Wagen auf der kurvenreichen Straße heimwärts nach Thalend steuerte. Er fuhr in gemächlichem Tempo, denn mit dem Besuch eines Patienten im Mangboden war er der letzten Verpflichtung für diesen Tag nachgekommen.

Außerdem war er zur Zeit allein; denn seine Frau hielt sich mit dem Kind, dem dreijährigen Konrad, seit zwei Wochen in seinem Vaterhaus im Schwarzbachtal auf. Wie gern wäre er mitgefahren! Freilich, es waren die gleichen Berge, die sie dort umgaben, und es war dieselbe Luft, die sie dort atmeten. Dennoch hätte auch er sich gefreut, wieder einmal ein paar Wochen in dem urwüchsigen und nahezu unverändert gebliebenen Bauernhaus verbringen zu können. Diese Abwechslung hätte ihm gut getan, war doch sein Vaterhaus ein Berghof, eine Einöde mit allen Gepflogenheiten des überlieferten bäuerlichen Lebens.

Manchmal hatte er Heimweh danach. Heute war Hans, sein älterer Bruder, Bauer des Falgerhofes. Der Vater lebte nicht mehr, aber die Mutter war noch da und sie erfreute sich einer guten Gesundheit und Rüstigkeit.

Er wusste, dass sie ihm alle bös waren, weil er heuer wieder nicht heimgekommen war. Sie verstanden es nicht, dass er keine passende Vertretung für seine ärztliche Praxis in Thalend finden konnte. Sie wussten nicht, dass es damit einen ganz besonderen Haken hatte, seit er mit Hilfe der Gemeinde das Doktorhaus zu einer Art Krankenanstalt ausgebaut hatte. Dazu hatte die allgemeine Erkenntnis geführt, dass akute Krankheitsfälle mit notwendiger chirurgischer Behandlung fast ausnahmslos tödlich verliefen, weil eben jedes zur operativen Überweisung aufnahmefähige Krankenhaus viel zu weit entfernt lag, als dass man noch zurecht gekommen wäre. Somit war seine Anregung zur Erstellung eines kleinen Operationssaales und einiger stationärer Krankenbetten auf allgemeine Zustimmung gestoßen.

Heute galt er, der Doktor von Thalend, bereits in der weiteren Umgebung als bedeutender Arzt, dem man sich zur Operation anvertraute, wenn die Umstände es erforderten. Und er durfte sich sagen, dass ihm bis jetzt ein glänzender Erfolg als Arzt und Chirurg beschieden war.

Sein Eifer und Pflichtbewusstsein erlaubten es ihm jedoch leider nicht mehr, einige Zeit auszuspannen und die Praxis zu verlassen. Zwei Jahre hatte er schon auf Urlaub und Erholung verzichten müssen. Dank seiner körperlichen Verfassung hatte er bis heute allen Anforderungen standgehalten. Das Glück in seiner Ehe, die Freude an seinem Beruf, die Liebe zu der Bergwelt, wie sie hier in Thalend gigantisch um ihn war, weckten geheimnisvolle Kräfte in ihm und gaben ihm Auftrieb.

Martha, seine Frau, hatte ihm vor einigen Tagen geschrieben, dass sie sich erkältet habe. Sie seien beim Almabtrieb, dem der Konrad unbedingt hatte beiwohnen wollen, in einen starken Gewitterregen gekommen.

Anderentags schon habe sie leichtes Fieber bekommen. Aber es gehe nun schon wieder besser, denn die Mutter habe sie sogleich ins Bett beordert und tüchtig in die Kur genommen. Er brauche sich also keinerlei Sorgen zu machen …

Aber er machte sich doch Sorgen; denn er wusste um die zarte Konstitution seiner Frau, weshalb er auch gleich ihren Brief erwiderte und befahl, sofort einen Arzt zu rufen.

Gedankenvoll schaute er in die rote Lichtflut am Himmel und auf das düstere Gebirge, auf dem bereits die ersten Nachtschatten lagen. Er sah die Zeichen des beginnenden Herbstes in der Färbung der Wälder, er schaute den Raben nach, die zu Berge zogen, verfolgte die Falken hoch über den Gehölzen. Er dachte an den Winter von Thalend mit seinen ungeheuren Schneemassen, mit seinen Frösten und Stürmen, mit seiner Einsamkeit …

Fünf Jahre war es jetzt her, dass er hier als ganz junger Arzt begonnen hatte. Es waren primitive Verhältnisse gewesen, die er angetroffen hatte. Das alte Doktorhaus, in das er damals eingezogen war, entbehrte aller Bequemlichkeit. Aber es war dann in den fünf Jahren daraus eine Heimstatt geworden, wie er sie sich erträumt hatte. Zusammen mit seiner tapferen Frau hatte er es geschafft.

Weit verstreut zog sich das Dorf über den tiefen Bergwinkel hin. Einzelne Gehöfte standen sogar noch droben vor dem steinernen Gewänd der Felskette. Es waren zumeist Bauern, die hier lebten und arbeiteten. Drüben am Lauf des Steinebachs standen ein paar alte Hammerschmieden und hinter dem Hügel ragte der Kamin einer Ziegelei hervor. Neben der Kirche mit ihrem Zwiebelturm standen die Gebäude einer Brauerei zwischen den breitgiebeligen Häusern. So bot sich das Gebirgsdorf Thalend dem dar, der sich auf dem engen Gebirgssträßchen näherte.

Langsam lenkte Doktor Falger jetzt seinen Wagen in das Dorf, vorbei an der Kirche, zu der ein steiler Gehsteig hinaufführte, vorbei an der Brauerei mit der neu erbauten Herrschaftsvilla, in der so wenig Glück und so viel Unfrieden war, wenn man den Gerüchten Glauben schenken wollte. Die Meinungsverschiedenheiten des Ehepaares Vogt hätten einen Grad erreicht, der eine Scheidung unumgänglich mache …

Weiter fuhr der Arzt die schmale, ansteigende Dorfstraße hinauf, vorbei an den Bauerngehöften, in deren Stallungen bereits Licht brannte. Dann folgte eine dunkle Baumgruppe und hier, hinter diesem kleinen Fichtenhain, stand ganz allein und etwas verborgen das Doktorhaus in seinem lang gestreckten, stattlichen Bau.

Richard Falger fuhr den Wagen in die Garage und betrat dann das Sprechzimmer, in dem er noch Licht gesehen hatte. War es gar während seiner Abwesenheit zu Zwischenfällen gekommen?

Es war ein gut eingerichtetes Ordinationszimmer mit großen Fenstern und heller Beleuchtung. Das Seltsame daran war das große Kruzifix, das an der Wand hing. Es überschattete den Raum mit einem ungewöhnlichen Ernst. So fand man es wohl selten in einem Arztzimmer …

Als Richard Falger eintrat, erhob sich am Tisch eine junge Schwester. Große braune Augen in einem herben, aber nicht unschönen Gesicht schauten ihm auffallend ernst entgegen.

Das war Camilla Stöger, seine Sprechstunden- und Operationshilfe. Zugleich hatte sie auch die Pflege stationärer Kranker zu besorgen. Zur Zeit war allerdings kein Kranker im Haus. Sie hätte also längst Feierabend machen können. »Sind Sie denn noch bei der Arbeit, Frau Stöger?«, fragte er verwundert. »Oder ist etwas vorgefallen?«

»Ein Telegramm, Herr Doktor«, antwortete sie mit tiefer, dunkler Stimme.

»Für mich?« Er schaute sie an und bemerkte jetzt den Ernst ihres Gesichtes.

Sie reichte ihm das Telegramm.

»Wann?«, fragte er.

»Vor ungefähr einer Stunde.«

Er brach das Telegramm auf.

Camilla Stöger beobachtete sein Gesicht, als er zu lesen begann. Es verriet keinerlei Unruhe. Aber das schien nur so. Sie kannte seine Art und wusste von den schweren Operationen her, dass alles nur harte Beherrschung war.

Plötzlich warf er das Telegramm mit einer heftigen Bewegung auf den Tisch: »Ich muss sofort weg!«, rief er.

Sie schaute ihn gespannt an. »Sie müssen zuerst noch essen, Herr Doktor!«

Er machte eine abweisende Handbewegung. »Ich muss sofort weg!«, wiederholte er. »Meine Frau hat Lungenentzündung!«

»Ach!« – mehr konnte sie nicht sagen. Vor ein paar Tagen hatte er schon einmal seine Befürchtung darüber ausgesprochen.

»Bitte, telefonieren Sie mit Doktor Mohr von Warmanns: Er möchte mich für einen oder zwei Tage vertreten! Es sind ein paar dringende Fälle in der Kartei. Sie müssten sie heraussuchen! Wollen Sie das heut noch tun, Frau Stöger? – Im Übrigen wissen Sie ja selbst, was hier los ist!«

Camilla Stöger nickte. »Wann fahren Sie, Herr Doktor?«

»Sofort! Ich muss nur noch ein paar Kleinigkeiten einpacken.«

Er lief hinaus, und während er aus seiner gut eingerichteten Hausapotheke Serum und Arzneien zu sich steckte, erledigte Camilla Stöger das Telefongespräch mit dem Arzt von Warmanns, einem alten Landarzt, der in zehn Kilometern Entfernung sein nächstgelegener Kollege war.

»Doktor Mohr ist verständigt. Er hält sich bereit«, sagte die Arzthelferin, als Falger zur Abfahrt fertig noch einmal hereinkam.

»Danke!«

In diesem Augenblick läutete das Telefon. Richard Falger achtete kaum darauf, sondern ordnete seine Tasche. Camilla Stöger hatte den Hörer abgehoben und führte das Gespräch. Aber schon nach den ersten Worten veränderte sich ihr Gesicht, es zeigte ein heftiges Erschrecken. Sie drückte die Hand auf die Sprechmuschel. »Herr Doktor!«

»Was ist?«, erwiderte Richard Falger nervös. »Ich hab keine Zeit! Wenn etwas ist, rufen Sie Doktor Mohr!«

»Es ist etwas Furchtbares geschehen! Bitte, sprechen Sie selbst!«

»Wer ist es?«

»Frau Vogt …«

Er nahm ihr den Hörer ungeduldig und nervös aus der Hand. »Doktor Falger … Ja, was ist denn geschehen, Frau Vogt? … Sie haben sich nicht getäuscht? Er lebt noch? – Ja, ich komme sofort!«

Mit einer heftigen Bewegung warf Richard Falger den Hörer auf die Gabel. Dann stand er mit grauem, steinhartem Gesicht eine kurze Weile da und überlegte. Sein Blick suchte die Augen von Camilla Stöger, die vor ihm erschrocken zurückwich. »Was soll ich denn tun?«, schrie er. »Wo ist meine Pflicht? Herrgott! Soll ich nun meine Frau sterben lassen, Camilla? … So reden Sie doch!«

Die Sprechstundenhilfe aber schwieg. Mit großen, angstvollen Augen schaute sie zu dem Hünen auf. Sie hatte ihn noch nie in solcher Erregung gesehen.

»Es muss doch ein Gesetz geben, ein ungeschriebenes menschliches Gesetz zur Entlastung der eigenen Verantwortlichkeit vor seinem Gewissen!«, fuhr er fort.

»Ich weiß es nicht, Herr Doktor!«

Er sagte nichts mehr. Eine Weile rang er mit sich um die Entscheidung einer Gewissensfrage. Dann wandte er sich dem Mädchen zu. Er hatte seine Stimme wieder in der Gewalt. »Ich kann dem Schicksal nicht entrinnen! Richten Sie zur Operation, Frau Stöger! Schlecht gezielter Kopfschuss! Selbstmordversuch!«

Camilla Stöger hatte sich noch nicht gefasst, da war er bereits zur Tür hinausgeeilt. Sie schaute hin auf das Telegramm, das noch auf dem Tisch lag …

»Martha hat schwere Lungenentzündung. Wir haben Angst. Komm sofort! Hans.«

Schlecht gezielter Kopfschuss! Selbstmordversuch! Richard Falger hatte sich für seine Pflicht entschieden. Er war Arzt von Thalend.

Es war eine enge Schotterstraße, die in lang gezogener Kurve zwischen den Betriebsgebäuden zur Wohnvilla des Brauereibesitzers hinaufführte. Die Villa selbst stand in einem kleinen Park und war von einer hohen Hecke umfriedet.

Als Richard Falger an dem Haus vorfuhr, war es inzwischen Nacht geworden. Fast alle Fenster waren hell beleuchtet, auch die Hoflampe brannte. Man sah auf den ersten Blick, dass sich die ganze Hausgemeinschaft in heller Aufregung befand.

Kilian Vogt, der Besitzer der Sankt-Mang-Brauerei, stand schon in vorgerücktem Alter, hatte aber erst vor etwa zwei Jahren geheiratet, eine noch sehr junge Frau, die Ansprüche an das Leben stellte. Es gehört zur Regel bei ländlichen Verhältnissen, dass gerade die Söhne der Begüterten sehr spät heiraten, weil damit die Übergabe des väterlichen Besitzes zusammenhängt. Wenn dann so ein später Freier auf Brautschau geht, kann es ihm besonders leicht passieren, dass er eine Frau nimmt, die entweder zu jugendlich ist oder zu anspruchsvoll, denn sie wird ihre Jugend möglichst teuer verkaufen.

So war es Kilian Vogt ergangen. Er liebte seine junge Frau abgöttisch, aber er hatte nicht verhindern können, dass ihr Herz an seiner Seite erkaltete. Der Feind Nummer eins in seiner Ehe war Thalend selbst gewesen, Thalend mit seiner rauen, urwüchsigen Art, mit seiner erbarmungslosen Natur und winterlichen Einsamkeit. Nun hatte es freilich nicht an den finanziellen Möglichkeiten gefehlt, den Wintern auszuweichen und für die verwöhnte Frau eine Zuflucht in der Stadt einzurichten. Aber gerade das hätte Kilian Vogt nicht tun dürfen: Dadurch entfernte sich seine Frau immer mehr von ihm und suchte Ablenkung in neuen Bekanntschaften. So kam es alsbald zu heftigen Auseinandersetzungen und zu Entfremdung, bis die Gerüchte einer bevorstehenden Scheidung laut wurden.

Jetzt hatte Kilian Vogt, der allgemein geachtete Besitzer der Sankt-Mang-Brauerei, einen Selbstmordversuch verübt. Er hatte damit eine furchtbare Situation geschaffen …

Als Doktor Falger der beleuchteten Haustür zuschritt, wurde er von Selma Vogt, der jungen Frau des Hauses, bereits erwartet. Schrecken und Entsetzen hatten ihr sonst so stolzes, arrogantes Wesen aufgelöst, ihr Gesicht war bleich, ihr dunkles, volles Haar in Unordnung und über ihren Körper ging ein Frösteln und Zittern. Sie war kaum zu erkennen.

»Ist es nicht entsetzlich, Herr Doktor?«

Er schaute sie ungerührt an. »Musste es so weit kommen, Frau Vogt?«

Sie antwortete nicht. Sie fühlte die kalte Zurückhaltung, die harte Anklage.

»Wo liegt Ihr Mann?«, fragte er sie ungeduldig, fast schroff.

Ein wenig verstört ging sie voran und führte ihn über ein paar breite Stufen in ein geräumiges Zimmer. Offenbar war es ein privates Büro, denn neben modernen Wohnmöbeln war ein Schreibtisch da, auf dem Schriftstücke und Zeitungen lagen.

Und hier lag auf einer Couch der Brauereibesitzer

Kilian Vogt. Hätte nicht seine Brust sich unter unregelmäßigen, röchelnden Atemzügen bewegt, hätte man ihn für tot gehalten. Das Gesicht war so weiß wie die Wand und von Blut befleckt, seine Arme hingen schlaff herab.

Doktor Falger kümmerte sich jetzt nicht mehr um die Frau und um ihr aufgeregtes Gerede. Er beobachtete schweigend das Gesicht des Bewusstlosen. Nur nebenbei hörte er auf die abgerissenen Sätze, womit die Frau ihm den Hergang des Unglücks zu erzählen versuchte.

Während er sich schweigend über den Mann neigte, die Wunde am Kopf besah und die Tätigkeit des Herzens abhörte, erfuhr er nach und nach die Geschichte einer unglücklichen Ehe, von Auseinandersetzungen und Drohungen, von Eifersucht, von Scheidungsüberlegungen, bis heute, beim Einbruch der Nacht, ein Akt der Verzweiflung geschehen war.

Schweigend bereitete Doktor Richard Falger eine Einspritzung vor. Er streifte den Ärmel an der herabhängenden Hand zurück, suchte die Vene und stach die Nadel ein.

Die Frau stand dabei und schaute mit Grauen in die verfallenden Züge des Mannes. Ihr Mund war jetzt herb geschlossen. Sie hatte auf die wirre Schilderung des tragischen Vorgangs keine Antwort erhalten. Deshalb schwieg sie und wich scheu ein wenig zurück.

Erst als der Arzt den Blick auf sie richtete, nachdem er die erste Hilfeleistung ausgeführt hatte, kam sie wieder ein paar Schritte näher, ohne aber eine Frage zu tun.

»Ich hab als Arzt die Pflicht das Letzte zu versuchen, um das Leben zu retten, Frau Vogt. Alles andere geht mich nichts an. Das ist die Sache der Polizei. Es ist eine sofortige Operation nötig, deren Ausgang allerdings nicht vorausgesagt werden kann!«

Sie nickte nur stumm.

»Ich muss den Patienten gleich mit ins Doktorhaus nehmen. Stellen Sie mir bitte einen Mann zur Verfügung, der mir hilft ihn ins Auto zu bringen!«

Abermals nickte die junge Frau und entfernte sich.

Der Arzt war mit den Vorbereitungen zum Transport noch nicht ganz fertig, als sie mit dem Bräumeister zurückkam, einem älteren, kräftigen Mann, der drüben in der Brauerei wohnte. Auf einer behelfsmäßigen Tragbahre schafften sie nun den schwer Verletzten hinaus zum Auto.

Bis nach Mitternacht dauerte die Operation, die Doktor Falger unter Assistenz Camillas an dem Mann vornahm. Die Anforderungen waren aber derart, dass dem robusten, kräftigen Arzt der Schweiß in großen Tropfen über das Gesicht rann.

Und als der Patient dann endlich in ein Zimmer gebettet war, musste Richard Falger für ein paar Minuten hinausgehen, denn er fühlte in seinen Gliedern eine seltsame Schwäche.

Er gab dem Mädchen noch rasch einige Anweisungen, dann ging er hinauf in sein Wohnzimmer, trocknete den Schweiß von der Stirn, riss ein Fenster auf und neigte sich hinaus in die kühle Nachtluft.

Schwarz lag der felsige Ring der Berge vor ihm und versuchte gleichsam seinen Gedanken den Weg zu versperren, die sich befreien wollten von der erdrückenden Last der Verantwortlichkeit. Er fühlte sich als Gefangener seines eigenen Schicksals. Drüben über den Bergen lag das Schwarzbachtal, wo in diesem Augenblick seine Frau auf den Tod krank war, und er konnte nicht zu ihr eilen, um seine eigene Erfahrung als Arzt mit in die Waagschale zu werfen, damit ihm die Frau und seinem Kind die Mutter erhalten blieb. Ein fremdes Schicksal, dem er als Arzt verpflichtet war, hielt ihn in Thalend fest.

Er hatte Mühe den Groll zurückzudrängen, der aus seinem Herzen brechen wollte, den Groll über das Versagen der Menschen, die in ihrem Wahn und in ihrer Leidenschaft ein solches Unheil heraufbeschworen und damit auch schuldlose Unbeteiligte mit in den Fluch ihrer Taten rissen.

Doktor Falger rang mit sich selbst. Er fing an, die Pflicht als eine untragbare Last zu empfinden. Er fing an, der Menschheit zu grollen und ihre Unzulänglichkeit anzuklagen.

Camilla Stöger saß am Bett des Schwerkranken, der jetzt mit dickem Kopfverband immer noch ohne Besinnung in den Kissen lag. Sie beobachtete die Regungen in dem bleichen Gesicht und kontrollierte gewissenhaft den Puls. Sie wusste, dass sie keine Veränderung daran übersehen durfte, dass auf ihr nun eine ungeheure Verantwortung lastete. Sie ahnte, dass der Doktor in diesem Augenblick ihr sein ganzes Vertrauen schenkte.

Sie war ihm in grenzenloser Bewunderung zugetan. Freilich, sein raues, fast an das Ungehobelte grenzendes Wesen musste verstanden sein. Es war nötig erst einmal zum eigentlichen Kern seiner Art vorzustoßen, zu seiner Aufrichtigkeit, Ungekünsteltheit und seiner fast kindlichen Gläubigkeit. Dann erst begriff man seine Haltung, seinen Mut. Er hatte nichts an sich, was man gemeinhin

Gefälligkeit nannte, nichts von dem, was Frauen im Allgemeinen an Männern bevorzugten, und doch zog er alle Menschen magisch an, die einmal mit ihm zu tun gehabt hatten.

Camilla Stöger war vor ein paar Jahren mit einer als fast hoffnungslos geltenden Krankheit nach Thalend gekommen. Sie hatte bis dahin von dieser weltabgelegenen, von gigantischen Bergen umzingelten menschlichen Ansiedlung nichts gehört und nichts gewusst von einem Doktor Richard Falger, der hier auf einsamem Posten in solch erfolgreichem Kampf gegen Krankheit und Hinfälligkeit stand.

Sie hatte in einer städtischen Klinik als Arzthelferin und Röntgenassistentin gearbeitet und war dann plötzlich von einer schleichenden Krankheit befallen worden, von der man nicht wusste, woher sie kam. Sie hatte nur gefühlt, wie ihre Kräfte mehr und mehr dahinschwanden. Nun hatte es ihr freilich nicht an ärztlichen Ratschlägen und Medikamenten gefehlt, aber nichts hatte geholfen. Im Gegenteil, es ging immer mehr abwärts mit ihr. Sie hatte die Arbeit aufgeben müssen und war zu nichts mehr fähig, bis eines Tages der gefürchtete seelische Zusammenbruch kam. Sie war noch so jung gewesen und vermochte kaum mehr zu gehen und zu stehen. Selbst beim Essen wollte ihr der Löffel zu schwer werden …

Und da hatte ihr ein junger Assistenzarzt geraten, nach Thalend, in ein abgelegenes Dorf, tief in den Lechtaler Alpen, zu reisen und sich dem dortigen Arzt, Doktor Falger, anzuvertrauen. Dessen ausgezeichnete ärztliche Kenntnisse und die gesunde, kraftvolle Natur dieser Gegend hätten schon so manchen schwierigen Fall geheilt.

So war sie eines Tages nur mit geringen Hoffnungen die Patientin Doktor Falgers geworden. Er hatte damals für seine stationären Kranken mit meist operativen Behandlungen eine ältere Krankenschwester gehabt, die ihm aber von ihrem Kloster nur aushilfsweise überlassen worden war. Camilla konnte sich noch gut erinnern und sie würde auch wohl nie mehr vergessen, wie sie diesem Mann das erste Mal gegenübertrat und in welchem Kontrast zu den bisherigen Heilversuchen er seine Anordnung traf.

War es nun die seelische Beeinflussung durch seine starke Persönlichkeit gewesen oder die Kraft der Natur, von der sie umgeben war und aus deren Fülle sie nun zu schöpfen begann, oder war es beides: Das Wunder ihrer Genesung geschah. Nach wenigen Wochen spürte sie die Besserung und dann konnte sie Tag für Tag die Zunahme an Kraft erkennen. Es dauerte kein Jahr, bis sie sich vollkommen gesund fühlte.

Aber jetzt hatte sie nicht mehr fort wollen von Thalend und von diesem eigentümlichen, grobschlächtigen Mann, den man eher für einen Bauern halten wollte. Und als der Tag ihrer Entlassung heranrückte, hatte sie es dann gewagt sich ihm als Arzthilfe und Krankenpflegerin anzubieten. Sie wusste nicht und sie hatte es auch später nie erfahren, was ihn dazu bewogen hatte ihr Anerbieten unbedenklich anzunehmen.

In der Folgezeit hatte sie Gelegenheit genug gehabt ihre Tüchtigkeit und ihr Geschick im Umgang mit Kranken unter Beweis zu stellen: Sie half ihm bei den Operationen, sie pflegte die stationären Kranken, ja sie besuchte sogar die Patienten in den entlegenen Weilern und Einöden, zu denen der Doktor selbst gerade nicht kommen konnte, sie lebte in seiner familiären Hausgemeinschaft und half in freien Stunden der Frau.

Sie hatte gesehen, mit welch großem Geschick und mit wie viel Mut er arbeitete, sie hatte erlebt, wie gewissenhaft und verantwortungsbewusst er die Kranken behandelte, sie wusste um seine Sicherheit beim Stellen der Diagnosen, kannte seine Pflichtauffassung, auch wenn sie für ihn eine große Härte bedeutete.

Deshalb war sie ihm in Bewunderung zugetan.

Auch bei dieser Operation hatte er seine Kunst bewiesen und seine Pflicht den eigenen Erfordernissen vorangestellt.

Camilla Stöger saß vor dem schwer kranken Patienten, den Blick unentwegt auf das eingefallene, leblose Gesicht gerichtet, und ihre Gedanken durchwanderten die Jahre, die sie nun schon in Thalend verbracht hatte.

Da ging leise die Tür auf. Sie wandte den Kopf ein wenig und sah den Doktor hinter sich stehen.

»Etwas los?«, fragte er das Schweigen brechend.

Sie schüttelte den Kopf. »Der Puls ist unverändert.«

Er legte das Stethoskop auf die Brust des Kranken und kontrollierte die Herztätigkeit. »Noch nicht außer Gefahr. Ich bin auf alle Fälle im Haus, Camilla.«

Sie nickte. Wenn sie zusammen einen schweren Krankheitsfall bekämpften, dann nannte er sie oft einfach beim Vornamen, wodurch er ihr sein besonderes Vertrauen zum Ausdruck bringen wollte.

»Sollte das Herz es schaffen, dann gibt es eine langwierige Genesung«, fuhr er leise fort. »Dann muss etwas geschehen, damit Sie morgen abgelöst werden können!«

Daran hatte sie noch nicht gedacht, ihre Nerven waren bis zum Äußersten angespannt gewesen. »Könnte man vielleicht seine Frau auf ein paar Stunden zuziehen?«, erwog sie.

»Nein!«

Sie wunderte sich über die Schroffheit seiner Ablehnung. Warum sollte es nicht möglich sein, die Frau des Kranken für ein paar Stunden mit dessen Überwachung und Pflege zu betrauen?

»Wir haben alles zu vermeiden, was eine Erregung bei dem Patienten auslösen könnte«, erklärte er. »Ich werde mit Doktor Mohr darüber sprechen. Er weiß bestimmt einen Rat.«

Er nickte ihr zu und verließ leise das Krankenzimmer. Ab und zu hörte sie ihn draußen im Gang gehen oder sie vernahm das Schließen der Tür. Sie wusste um die Unruhe, die ihn in der Sorge um seine todkranke Frau in dieser Nacht durch das Haus trieb. Darüber konnte seine äußerliche Beherrschung sie nicht hinwegtäuschen.

Schon in den frühen Morgenstunden telefonierte Richard Falger mit seinem Kollegen von Warmanns.

Der letzte Befund des Kranken ließ eine erste Hoffnung aufkommen. Die Herztöne waren kräftiger geworden. Das Bewusstsein war jedoch noch nicht zurückgekehrt.

Es war später Vormittag geworden, als Dr. Richard Falger endlich die Reise ins Schwarzbachtal antreten konnte.

Doktor Mohr hatte eine Krankenschwester mitgebracht. Nun konnte auch Camilla endlich abgelöst werden, aber sie fand nicht die wohlverdiente Ruhe. Sie hatte vom Fenster ihres Zimmers aus gesehen, mit welch verzweifelter Hast Richard Falger in seinen Wagen gesprungen und dann die Dorfstraße hinabgejagt war, als gelte es, mit dem Tod einen Wettlauf auszutragen. Sie hatte erstmals Mutlosigkeit und Hoffnungslosigkeit in seinem übernächtigten Gesicht entdeckt.

Sie war bereits zu sehr mit dem Schicksal dieses Mannes verknüpft, um solcherlei Feststellungen gleichmütig hinzunehmen.

2

Düster lag das Licht auf der herben herbstlichen Landschaft des Schwarzbachtales. Die Sonne hatte sich jetzt auf ihrer Bahn so weit dem winterlichen Wendekreis zugeneigt, dass sie nur noch wenige Stunden am Tag über den mächtigen Bergen sichtbar wurde.

Nur ein paar kleine Dörfchen und etliche Weiler waren in diesem engen Tal zu finden. Eines dieser stillen Dörfchen nannte sich Grund. Es waren nur wenige Häuser und Gehöfte, die sich hier um eine kleine, erhöht liegende Kirche scharten, die übrigen hingen zumeist einsam und oft sehr mühsam zugänglich an den Hängen der Berge.

Zu diesen Einödhöfen zählte auch der Falgerhof. Von der Straße aus, die in vielen Windungen durch das enge Tal führte, wurde er erst sichtbar, wenn man einen weit vorspringenden Ausläufer des zackigen Fellhorns umgangen hatte. Dann fand man ihn in der Enge eines grünen Kars hoch am Berg. Seine Bauart war von der Eigentümlichkeit des Lechtaler Bauernhauses, mit dem flachgiebeligen, steinbeschwerten Dach, mit der blockartigen Holzaufstockung auf einem dicken, grauen Gemäuer und einem über die ganze Vorderfront sich hinziehenden Altan unter dem weit vorspringenden Dach. Darunter zeigte sich eine Reihe freundlicher Fenster mit bemalten Läden und in der Mitte die Tür, die tief in einem Rundbogen saß.

So also sah die Heimat Doktor Richard Falgers aus. Hier hätten Frau und Kind ein paar Urlaubswochen verbringen wollen. Aber an die Rundbogentür hatte nun der Tod geklopft, weshalb der Arzt seinen Wagen in solch ungewöhnlichem Tempo über die gewundene Straße steuerte.

Doch es war zu spät. Richard Falger fand seine Frau bereits in Agonie, und die Bewohner des Falgerhofes, die Mutter, der Bruder, die Schwägerin, empfingen ihn mit dem Schweigen der Trauer und Erschütterung. Der behandelnde Arzt aus einem der größeren Nachbardörfer hatte sie über den wahren Zustand der Kranken in keinem Zweifel gelassen. Vor einer Stunde war er ein letztes Mal da gewesen, konnte aber nur noch feststellen, dass es keine Hoffnung mehr gab. Der Tod hatte bereits zugegriffen …

»Warum bist du nicht sofort gekommen?«, fragte sein Bruder Hans, der Bauer vom Falgerhof, als er ihm flüchtig die Hand reichte. Es lag ein unverkennbarer Vorwurf im Ton seiner Stimme.

Und all die anderen umstanden den Arzt und schauten ihn mit demselben ratlosen Blick an.

Richard erzählte kurz den unglücklichen Vorfall in Thalend, der ihn festgehalten hatte.

»Es ist schade um die gute Martha! Wir haben sie alle geliebt!«, sagte eine Stimme.

Richard eilte hinauf, lief der Schlafstube zu, wo die Kranke lag. Die Mutter vermochte ihm kaum zu folgen. Er hatte nicht einmal nach seinem Kind gefragt. Irgendjemand hatte es vom Haus weggeführt, damit es nichts sehen solle von dem Kummer und von den Tränen.

Richard Falger betrat die Schlafkammer. Er hatte Erfahrung genug, um mit einem ersten Blick zu erkennen, dass hier in der Tat jede Hilfe zu spät kam. »Martha!«, rief er und eilte an die Seite der Sterbenden, die ihn jedoch nicht mehr erkannte. Die Auflösung ihres Lebens hatte bereits eingesetzt.

Trotzdem ging er sofort und mit ungeheuer Energie an die Anwendung seiner ärztlichen Maßnahmen, er füllte seine Injektionsspritze bald mit diesem, bald mit jenem Stärkungsmittel und suchte die Vene, er ließ kein Mittel unversucht und kämpfte mit dem Mut der Verzweiflung um die Erhaltung dieses geliebten Lebens. Vergeblich hoffte er auf eine Reaktion des Pulses. Der plötzliche Temperatursturz, der schon vor ein paar Stunden eingesetzt hatte, war ein eindeutiges Zeichen dafür gewesen, dass die Natur selbst aufgegeben hatte. Der Kreislauf kam mehr und mehr zum Stillstand. Hier musste jede ärztliche Kunst versagen.

Richard beachtete kaum noch die Mutter, die am Fußende des Bettes stand und ihre Lippen betend bewegte. Er hörte nicht darauf, wenn sie irgendein Wort sprach …

»Wir haben sie versehen lassen!«, sagte sie einmal.

Da schaute er sie an und gewahrte ihren traurigen, liebenden Blick. »Ich danke dir dafür, Mutter!«

»Wird sie sterben?«

»Ja.«

»Musst es in Gottes Namen tragen!«

Abermals schaute er sie an. Ihr hageres Gesicht strahlte so viel Kraft aus, so viel gläubige Ergebenheit, dass er sich davor verbeugen musste. »Mutter!«

»Es ist Gottes Wille!«

»Und das Kind? Es hat keine Mutter mehr! Welchen Sinn kann das haben?«

»Den Sinn des Opfers! Gott fordert es von dir und von uns allen. Und ein Opfer ist heilig!«

Welche Kraft sprach aus dieser einfachen, alten Frau!

Noch einmal versuchte er den Kampf gegen den Tod aufzunehmen. Er wollte sich dem Schicksal nicht tatenlos beugen.

Er beachtete nicht, wie nacheinander sein Bruder und auch die Schwägerin dazugekommen waren und still in der Kammer standen.

Als die Dämmerung einfiel, war Martha tot.

Während Richard ihr die Augen zudrückte, sprach die Mutter ein kurzes Gebet. Dann stand sie in ihrer hageren, hoch gewachsenen Gestalt dicht neben ihm und legte ihre knochige Hand auf seinen Arm: »Nun ist sie von uns gegangen! Gott sei ihrer Seele gnädig!«

»Amen«, antworteten die anderen.

Dr. Richard Falger ging sein dreijähriges Söhnchen an der Hand führend durch die stille, einsame Landschaft bergwärts. Er schaute auf zu den trotzigen Felshäuptern, die wie schwarze Schattengebilde den Himmel begrenzten, er horchte in die Wälder, auf das Rauschen des Wildbaches …

Er unterdrückte das Stöhnen und versuchte die Fragen des Kindes zu beantworten, das sich an tausend kleine Dinge daheim im Doktorhaus zu Thalend erinnerte. Er stieg langsam, den Kopf tief zur Erde geneigt, hinauf zum Kamm des Hügels, wo zwischen zwei alten Ahornbäumen ein großes, roh gezimmertes Bergkreuz stand.

Hier nahm er den Knaben auf den Arm und schaute lange hinab auf den dunklen Falgerhof. Er sah das Kerzenlicht im Fenster der Kammer, in der sie die Tote aufgebahrt hatten mit Tannengrün und den wenigen Blumen, die sie noch gefunden hatten.

Vorbei! – Einsam musste er nach Thalend zurückkehren, ohne den treuen Kameraden seines Lebens, seines Kampfes, seines Hoffens.

»Konrad, die Mutti ist fortgegangen!«, sagte er plötzlich mit brechender Stimme.

Der Knabe nickte. »Ja, die Großmutter hat es mir schon gesagt, dass sie in den Himmel geflogen ist. Ein schwarzer Engel ist gekommen und hat sie geholt.«

Der Knabe schaute hinauf zu den Sternen, die am nächtlichen Himmel blitzten. »Wann wird die Mutti zurückkommen?«

»Sie kommt nicht mehr zurück, Konrad. Nie mehr!«

»Wohl, weil es so schön ist im Himmel? Die Großmutter hat gesagt, dass sie dort auf uns wartet!«

»Ja, sie wartet auf uns, Konrad.« Richard Falger konnte fast nicht mehr sprechen. In seinen Augen standen jetzt die Tränen, die er vor dem Knaben verbergen wollte.

»Wann werden wir zur Mutter gehen, Papi?«

»Ich weiß es nicht. Wir müssen warten, bis der liebe Gott uns ruft!«

»Bis er den schwarzen Engel schickt?«

»Ja.«

Langsam trug Richard Falger seinen Buben über den Steilhang hinab, zurück in den stillen, düsteren Hof.

In Ermangelung einer Leichenhalle blieb die Tote bis zum Tag ihres Begräbnisses im Falgerhof aufgebahrt. Außer den notwendigen Stall- und Hausbesorgungen ruhte während dieser Zeit die Arbeit auf dem Hof. Scheu und bedrückt standen die Dienstboten in Halbfeiertagskleidung herum, während sich die Angehörigen selbst in der großen Stube trafen, wo sie sich berieten, und jeweils zum Abend versammelte sich die ganze Hausgemeinschaft in der Stube, um den Rosenkranz für die Tote zu beten.

Doktor Richard Falger ging bleich, aber gefasst hinab in das kleine Dorf. Er telefonierte mit Thalend, verständigte Camilla über den Todesfall und ließ sich über alle Begebenheiten in der Praxis berichten. Kilian Vogt befand sich auf dem Wege der Besserung.

So war das Schicksal Richard Falgers: Diesen Mann, der selbst den Tod gesucht hatte, konnte er retten; für seine eigene Frau vermochte er nichts zu tun. Aber wer konnte denn wissen, ob sie nicht auch gestorben wäre, wenn er rechtzeitig hätte eingreifen können?

Er stand vor dem Bürgermeister und meldete pflichtgemäß den Tod seiner Frau für die standesamtliche Eintragung, er ging zum Pfarrer von Grund und bestellte das Begräbnis im Familiengrab in dem kleinen Friedhof hinter der heimatlichen Kirche.

So hatte es die Mutter gewollt und auch sein Bruder, als sie in der ersten Nacht darüber beraten hatten.

Wer konnte denn sagen, was aus ihm, Richard, noch würde und wo er sich einmal aufhielte? Die Tote hatte zu ihnen gehört, sie war ein Mitglied der Familie geworden und sollte in der Hausgrabstätte ihre letzte Ruhe finden.

Alle kamen Richard Falger freundlich entgegen, alle nahmen Anteil an seinem Geschick.

Und als anderentags die Frage auftauchte, was nun mit Konrad geschehen sollte, den nun keine Mutter mehr umsorgen würde, da war es wiederum die alte Falgerin, die Rat wusste.

»Du bist als Arzt nicht Herr deiner Zeit«, sagte sie. »Ich will mit dir nach Thalend ziehen und dem Kind, so gut es geht, die Mutter und dir die Hausfrau ersetzen, bis – nun, bis eben einmal ein Weg gefunden ist, der aus dieser Ratlosigkeit führt.«

»Mutter, du kennst nicht die Winter von Thalend!«, wollte er entgegenhalten.

»Sie werden nicht viel härter sein als bei uns im Schwarzbachtal.«

»Hier bist du zu Hause, dort bist du fremd!«

»Ich hab oft darüber nachgedacht, weshalb mich der Herrgott mit solcher Rüstigkeit beschenkt hat. Jetzt weiß ich es!«

Da neigte er sich über sie und küsste ihre Hand.

»Ich bin freilich nur eine einfache Bäuerin und passe schlecht in ein Doktorhaus«, überlegte sie.

»Nein, Mutter! So darfst du nicht reden! Wir, mein Kind und ich selbst, wir brauchen dein Herz!«

Erst am Vorabend des Begräbnistages stellten sich

auswärtige Verwandte ein. Sie gehörten ausschließlich zur Verwandtschaft der Falgers. Marthas Eltern lebten nicht mehr. Der Vater war Apotheker in dem kleinen Markt Holzen gewesen. Früh erkrankt hatte er sein Geschäft verpachten und später verkaufen müssen. Vater und Mutter waren kurz nacheinander gestorben. Sie hatten die Hochzeit ihrer Tochter nicht mehr erlebt. Nur eine jüngere Schwester war noch da, die in München als Laborantin tätig war.

Ihr hatte Richard Falger sogleich ein Telegramm geschickt und dann war er zu jedem Omnibus ins Tal gefahren um sie abzuholen. Aber sie kam dann erst am letzten Tag, spät am Abend mit dem letzten Omnibus.

Er erkannte sie beinahe nicht mehr, und hätte sie nicht den tiefen Schleier und die Trauerkleidung getragen, dann wäre er wohl an ihr vorbeigegangen, hätte sie für irgendein landfremdes Mädchen gehalten, das ihn nichts anging.

Sie begrüßten sich zunächst in stummer Erschütterung. Er sah die Tränen, die ihr über die Wangen rollten.

»Wie ist es denn gekommen? Was ist denn geschehen?«, brachte sie dann endlich hervor.

»Lungenentzündung«, antwortete er mühsam.

Sie schüttelte verwirrt und verzweifelt den Kopf. »In diesen jungen Jahren sterben! Wie ist es denn möglich!«

»Komm!«, sagte er und führte sie zu seinem Wagen.

Sie stiegen ein, aber sie hinderte ihn, gleich loszufahren, als hätte sie Angst vor dem Letzten. »Warum war denn gar nichts zu machen?«, fragte sie. »Man hat heut doch wirksame Mittel!«

Er schüttelte resigniert den Kopf.

»Warum hast du nicht noch einen zweiten Arzt zu Rate gezogen?«

»Ich bin zu spät gekommen, Lydia!«

»Wie? Du warst gar nicht bei ihr?«

»Ich war in Thalend. Sie ist mit dem Kind allein im Falgerhof auf Urlaub gewesen. Freilich hat man mich von ihrer Erkrankung verständigt, man hat mir sogar ein Telegramm geschickt, aber ich konnte nicht weg von Thalend.«

»Du konntest nicht weg? Was konnte dich denn daran hindern, deiner Frau zu Hilfe zu eilen? Wäre es nicht deine Pflicht gewesen, alles stehen und liegen zu lassen, wenn du schon weißt, in welcher Gefahr sie schwebt?«

»Hör mich erst an, Lydia, eh du den Stab über mich brichst! Ich bin Arzt von Thalend. Als solcher bin ich allen Menschen verpflichtet, die Hilfe brauchen ...«

Und dann erzählte er ihr den Hergang des schicksalhaften Unglücks, wie es an jenem Abend über ihn hereingebrochen war und ihn vor die schwerste Entscheidung seines Lebens gestellt hatte.

»Wenn ein Mensch freiwillig aus dem Leben gehen will, kann es doch keine Frage sein«, wandte sie ein.

»Du täuschst dich, Lydia! Es war eine sofortige Operation notwendig! Ich wurde zu Hilfe gerufen.«

»Und jetzt? Wie steht es jetzt?«

»Der Patient konnte gerettet werden.«

»Der Patient«, stieß sie herb aus. »Und Martha musste sterben!«

Er fühlte, dass sie ihm nicht verzieh.

Sie war ihm noch nie gerade freundlich gesinnt gewesen und hatte es ihm bei jeder Gelegenheit sehr deutlich gezeigt. Er wusste auch, dass sie ihre Schwester mit allen Mitteln zurückzuhalten versucht hatte, damals, als sie ihn heiraten wollte. Er war ihr zu robust gewesen, zu stoffelig, zu ungehobelt. Sie hatte nicht verstanden, wie ein Mädchen einen solchen Mann lieben konnte. Als sie dann später, als sie schon verheiratet waren und ihren Existenzkampf in Thalend führten, gelegentlich zu Besuch kam, hatte sie nie ein Hehl daraus gemacht, wie sehr er ihr missfiel in seiner Art. In ihrem Jungmädchenstolz fühlte sie sich davon verletzt; denn ihre Natur hatte immer zu Zartgefühl und Feinheit geneigt und das Übrige tat der städtische Umgang. Sie war eben ein Backfisch gewesen, wie man so sagt. Und heute glich sie einer jungen Dame von Welt, der man kaum noch ansah, dass sie im ländlichen Markt Holzen geboren worden war und einmal in sehr dürftigen Verhältnissen gelebt hatte.

Was wusste sie schon von den Verpflichtungen eines Arztes von Thalend! Sie hatte keine Ahnung von seinen Nöten!

Langsam steuerte er jetzt seinen Wagen bergwärts, hinauf zum einsamen Falgerhof.

»Ich versteh nicht, warum wir gerade hier sind«, sagte sie plötzlich nach langem, eisigem Schweigen. »Sie wird doch nicht etwa hier beerdigt?«

»Doch, sie wird hier in Grund beerdigt. Hast du es anders gemeint?«

»Ja, in Holzen! Im Grab unserer Eltern!«

Er schüttelte den Kopf. »Was soll sie dort? Wer kümmert sich um ihre Ruhestatt?«

»Ich!«

»Nein, Lydia! Du tust es vielleicht ein Jahr lang oder zwei Jahre. Du hast dich zu weit entfernt von deiner Heimat und du weißt nicht, welche Wege das Leben dich noch führt!«

»Weißt du es von dir? Auch du wirst es kaum auf diesem Zustand belassen!«

»Deshalb soll sie ja in das Familiengrab des Falgerhofes kommen. Hier wird sie nicht vergessen. Jetzt ist es mein Bruder, der dafür sorgen wird, und dann sind es seine Nachkommen. Solange der Falgerhof steht, steht auch seine Grabstätte!«

Sie schwiegen eine Weile.

»Hab ich nicht Recht?«, fragte er dann.

»Trotzdem verlange ich eine Überführung nach Holzen!« Das klang sehr trotzig.

Er schaute sie an. Ihre Blicke begegneten sich. Die Tränen in ihren Augen waren versiegt, ihr Gesicht war kreidebleich. Er dachte, dass die Züge trotzdem sehr denen ihrer toten Schwester glichen. Warum konnte sie nicht auch in ihrem Wesen so sein? So friedsam? So gütig? So wacker?

»Wo die Tote ihre letzte Ruhestätte findet, das bestimme wohl ich, Lydia! Sie war meine Frau und sie ist mir viel zu teuer um sie aus der Hand zu geben! Sie wird in Grund beerdigt!«

Sie sprachen jetzt nicht mehr.

Daheim empfing sie die Mutter. Seltsam, diese alte Bäuerin in ihrer hageren, hoheitsvollen Gestalt, mit ihrem gütigen Gesicht und ihrem weißen Haar, brach sich zu allen Herzen den Weg! Kaum war das Mädchen ihr gegenübergetreten, fiel es ihr auch schon aufweinend in die Arme. Und die starke Frau strich ihr tröstend über den Scheitel und führte sie dann zur Totenkammer.

Sie blieben lange aus und dann nahm die Mutter den Gast mit sich hinüber in das Pfründestübchen.

Richard Falger wusste nicht, was zwischen ihnen gesprochen worden war, er sah nur, dass Lydia sich zunehmend veränderte. Sie fügte sich plötzlich dem unabänderlichen Schicksal.

Neben den Bewohnern des Dörfchens Grund nahmen auch zahlreiche Trauergäste aus Thalend, die in einem großen Bus gekommen waren, an der Beerdigung teil. Von allen Händen, die sich Richard Falger teilnahmsvoll entgegenstreckten, behielt er die des Försters Jonas von Mittersäß am längsten, obwohl nur ganz wenige Worte gesprochen wurden.

Der raue, biedere Forstmann, ein älterer Junggeselle von ungekünstelter Art, war ihm im einsamen Thalend zum unentbehrlichen Freund geworden. Er war der einzige Mann, der seine Verbundenheit mit der Natur teilte. Deshalb hatten sie sich angefreundet.

Er trug auch heute seinen grünen Jägerrock, nur hatte er die Bartstoppeln aus seinem rauen Gesicht entfernt und sah geradezu vornehm aus. »Ich weiß schon, was geschehen ist!«, sagte er. »Es tut mir Leid, dass es gerade so kommen musste! Die Leute von Thalend sind der Meinung, dass du den Mann hättest sterben lassen sollen! Es ist schade um die Frau!«

Richard Falger schaute auf.

»Ich weiß schon, du tatest deine Pflicht!«, fuhr der Förster fort. Aber es gab eine große Aufregung im Dorf und viel Groll! Jeder hatte die Frau des Doktors gern!«

»Ich habe nicht geahnt, dass es so steht! Ich handelte nach meinem Gewissen!«

»Dann trag dein Schicksal in Gottes Namen!«

Schon bald nach dem Begräbnis musste Lydia abreisen. Sie hielt den kleinen Konrad auf ihrem Arm und drückte ihn an sich. Dabei rollten Tränen über ihre Wangen.

Richard stand dabei. Wie sehr sie jetzt wieder ihrer toten Schwester glich! Sie war nur fremd geworden in der großen Stadt.

»Was wirst du nun tun?«, fragte sie und schaute zu dem großen, stillen Mann auf.

»Die Mutter geht mit mir nach Thalend.«

Lydia nickte.

Er brachte sie hinab ins Tal. Sie sprachen auf dem Weg nicht mehr miteinander.

Erst als er ihr die Hand zum Abschied reichte, sah er sie noch einmal ernst an. »Lydia – wirst du einmal nach Thalend kommen? Es soll jetzt doch nicht alles aus sein zwischen uns! Du bist ja auch jetzt ganz allein auf der Welt!«

»Ja, vielleicht komme ich einmal. Der kleine Konrad tut mir sehr Leid!«

Er stand noch da, als der Omnibus kam und sie mit fortnahm.

Am Abend des gleichen Tages noch fuhr auch Richard Falger weg. Er hatte das Kind und seine alte Mutter bei sich im Wagen. Schweigend und in tiefen, ernsten Gedanken durchquerten sie die Engen der Täler, sie fuhren vorbei an den Giganten von Bergen, auf deren Häuptern das Weiß des ersten Schnees leuchtete.

3

Genau zwei Jahre waren vergangen. Die herbstliche Sonne hatte noch einmal so viel Wärme ausgestrahlt, dass man sich hätte mitten im Sommer wähnen mögen, hätte die Landschaft nicht die untrüglichen Merkmale des sterbenden Jahres getragen. Es war nur gerade eine warme, aus dem Süden eingeströmte Luft gewesen, die das Thermometer auf eine für diese Jahreszeit ungewöhnliche Höhe hatte steigen lassen.

Diese warmen Herbsttage lockten die Menschen ins Freie. Gegen Abend brachen auf allen Ausfallstraßen die Kraftwagen aus der Stadt und rollten den beiden großen Seen zu, die dem Gebirge vorgelagert sind.

In dem ungewöhnlichen Verkehrsbetrieb befand sich zu dieser Stunde auch Otto Lenz mit seinem neuen, funkelnden Wagen, ein Mann von auffallender Eleganz. Im Gegensatz zu den anderen fuhr er sehr langsam und schien durchaus keine Eile zu haben. Sein kluges Gesicht hatte einen etwas sensiblen Ausdruck, sein gepflegtes dunkles Haar einen extravaganten Schnitt, der ganz zu seiner Gesamterscheinung passte. Man hätte ihn für einen Schauspieler oder für sonst einen Künstler halten können. Aber das machte nur seine ungewöhnliche äußere Erscheinung. In Wirklichkeit war er Chemiker in einer großen Münchner pharmazeutischen Fabrik, in einer leitenden Stellung.

Obwohl er in seinen Bewegungen Frische und Wendigkeit zeigte, merkte man doch, dass er nicht mehr ganz jung war, wenigstens nicht mehr so jung wie seine Begleiterin, die mit lebhaften Augen durch die Windschutzscheibe schaute. Auch die Erscheinung des Mädchens hatte etwas Auffallendes. Obwohl ihre Kleidung und die Frisur ganz dem Geschmack der modernen Welt entsprachen, verblieb ihrem Aussehen doch etwas Natürliches. Ihr Gesicht war ungeschminkt und von der Sonne und der Luft braun getönt.

Wer diese beiden Menschen so nebeneinander im Wagen sah, hatte keinen Zweifel, dass sie beide der guten Gesellschaft angehörten, und mancher der Vorbeikommenden, der einen Blick durch das Wagenfenster warf, mochte den Mann um seine schöne Begleiterin beneiden.

Vor ein paar Jahren erst hatten sie sich kennen gelernt, und zwar bei der Arbeit. Sie waren im gleichen Werk beschäftigt und er war gewissermaßen ihr Vorgesetzter im Versuchslaboratorium. Vom ersten Tag an hatten sie sich ausgezeichnet verstanden. Seine sichere Art im Umgang mit den Menschen und seine Intelligenz hatten ihr imponiert. Als junge und unerfahrene Apothekerin war sie seinen Versuchen mit größtem Interesse gefolgt und hatte sich als eine aufmerksame und gelehrige Schülerin und schließlich als unentbehrliche Mitarbeiterin gezeigt.

Aber es war nicht bei dieser guten beruflichen Zusammenarbeit geblieben, sondern die beiden kamen sich auch menschlich näher, besuchten gemeinsam Opern und Konzerte und fuhren an freien Tagen an den Ammersee zum Schwimmen und Segeln.

Dabei zeigte es sich, dass der scheinbar so ruhige Wissenschaftler von sehr leidenschaftlichem Gemüt sein konnte. Seine Werbungen waren von heftigen und stürmischen Gefühlsausbrüchen begleitet, so dass sie oft darüber fast erschrak.

Aber ihre Liebe zu diesem ungewöhnlichen Mann saß bereits zu tief, als dass sie sich darüber Gedanken gemacht hätte. Im Gegenteil, sie fühlte sich als die glücklichste Frau der Welt und glaubte an die Gunst des Schicksals, das ihr einen solchen Partner für das Leben geschenkt hatte.

Erstmals war diese Liebe erschüttert worden, als er ihr gestanden hatte, dass er verheiratet sei, von seiner Frau und einem Kind jedoch getrennt lebe, weil sie nicht zusammenpassten, und dass er sich seit langer Zeit schon mit dem Gedanken an eine Scheidung trage. Damals war ihr aller Mut entfallen, und hätte sie eine Möglichkeit zur Flucht gesehen, hätte sie die Stadt verlassen. Aber wohin hätte sie fliehen können? Sie hatte kein Heim mehr, keinen Menschen, der ihr nahe stand. Hätte sie vielleicht nach Thalend flüchten sollen, zu ihrem Schwager, der so rau und rücksichtslos war wie die harte Landschaft seines Wirkungskreises? Nein! Das hätte das Ende aller Freiheit und Freude bedeutet!

Es kam also nicht zur Flucht – und Otto Lenz hatte es verstanden ihr Herz aufs Neue einzufangen. Sie liebte ihn mit allen Hoffnungen ihrer Jugend und verschloss ihre Augen der Zukunft. Sie wollte das Glück der Gegenwart ungetrübt genießen.

Jetzt, als sie auf der Straße fuhren und hinter der Landschaft das ferne Gebirge auftauchen sahen, wanderten ihre Gedanken nach Thalend und sie erinnerte sich an Menschen, die ihr einmal nahe gestanden waren. Sie dachte an ihre Eltern und an den heimatlichen Markt Holzen, an ihre tote Schwester und auch an den Mann, der nun einsam in einem weltverlorenen Dorf seiner Berufspflicht nachging.

Ihre großen, dunklen Augen lagen verträumt auf dem blauen Kranz der Alpen und die Züge ihres Gesichtes zeigten ernste Versonnenheit.

»Du bist heut sehr still und nachdenklich«, sagte Otto Lenz plötzlich. »Hast du vielleicht gar Sorgen, Lydia?«

Lächelnd schüttelte sie den Kopf. »Ich hab eben an alte Zeiten gedacht«, antwortete sie.

»Heimweh?«, erwog er. »Du darfst es mir ruhig gestehen! Das Gebirge liegt heut fast greifbar nah vor uns. Ich hab es selten so klar und schön gesehen von hier aus. Man glaubt fast den Atem der Täler zu spüren. Ich kann mir gut vorstellen, dass es dich mit überwältigender Kraft gepackt hat. Wir Stadtmenschen kennen das Heimweh nach den Bergen oder nach einer Landschaft nur vom Hörensagen. Trotzdem kann ich es recht gut verstehen.«

Obwohl ihr Gesicht immer noch ein heiteres, zufriedenes Lächeln zeigte, schimmerten ihre Augen jetzt feucht. »Heimweh ist es wohl kaum. Was soll ich noch in den Bergen? Ich hab heut niemanden mehr dort, der nach mir fragt. Ich hab nur darüber nachgedacht, wie es einmal war und wie mein Leben sich geändert hat.«

»Hoffentlich bist du mit der Änderung zufrieden!«

Sie schwiegen wieder, denn er musste seine Aufmerksamkeit jetzt dem Verkehr zuwenden. Sie kamen durch ein Dorf, in dem die Straße einen scharfen Bogen um die Ecke eines Hauses schlug. Erst als sie übersichtlich vor ihnen lag, nahm er das Gespräch wieder auf. »Ich hab dir oft vorgeschlagen, dass wir einmal zusammen ins Gebirge fahren sollten! Aber du wolltest nicht! Wer weiß, wie lange das Wetter noch so bleibt. Wenn der Schnee fällt, ist es vorbei für heuer!«

Sie schüttelte den Kopf. »Ich will nicht ins Gebirge! Fahren wir lieber dorthin, wo wir oft so glücklich waren!«

Er nickte ihr lächelnd zu.

Die Landschaft wurde hügelig. Freundliche Dörfer grüßten von den Höhen, kamen auf sie zu und blieben zurück. Aus den Türmen der Kirchen hingen Fahnen.

Da fiel ihr ein, dass gestern Kirchweihsonntag gewesen war, ein Fest, das mit ihrer Kindheit eng verknüpft war. Und diesmal hatte sie es überhaupt nicht beachtet. Die Stadt kannte keine Kirchweih.

Sie dachte daran, wie ihr Vater jeweils an diesem Tag, auch als er schon kränklich war, im schwarzen Rock in die Kirche ging und im Stuhl der Honoratioren Platz nahm; sie erinnerte sich, wie sie sich schon Tage zuvor auf das Fest freuten, sie und ihre Schwester Martha. Denn es gab gewöhnlich neue Kleider und zu Mittag ein fürstliches Essen.

Nun war sie allein auf der Welt. Was würden die Eltern und ihre Schwester Martha wohl dazu sagen, wenn sie sie sehen könnten in dem eleganten Wagen, in Gesellschaft dieses gewandten Mannes! Vielleicht würden sie sie gar nicht erkennen; denn aus dem zarten, unfertigen Mädchen von damals war eine Dame geworden.

Sie erinnerte sich daran, wie Martha ihr zum ersten Mal errötend von ihrer Liebe zu Richard Falger erzählt hatte, als ihr junges Herz übersprudelte von Glück und Erwartung. Falger war damals noch Student gewesen. Lydia hatte Marthas Gefühle für ihn nie verstanden, denn der junge Mann war ihr in seiner Vierschrötigkeit und Einsilbigkeit sehr wenig interessant und schon gar nicht begehrenswert erschienen. Sie hatte es ihr auch gesagt und sie gewarnt. Trotzdem war Martha ihm bald nach dem Tod der Eltern nach Thalend gefolgt, wo er sich als Arzt niedergelassen hatte. Sie war seine Frau geworden, hatte ihm nach zwei Jahren ein Kind geboren – und jetzt war sie tot …

Sie war allein – nein, neben ihr saß ein Mann, den sie liebte. Das Schicksal hatte ihn ihr zugeführt. Er hatte sie aus der Einsamkeit ihrer Gedanken befreit, er hatte aus ihr gemacht, was sie heute war: ein frohes, glückliches Menschenkind. Er hatte ihrem Dasein Sinn und Wert verliehen.

Sie liebte ihn.

Vor ihnen breitete sich jetzt dunstig der See in seiner Niederung aus. Nur im Vordergrund spiegelte sich das Licht der Sonne in der Flut. Der große Teil der Wasserfläche aber lag verborgen hinter der Wand des aufsteigenden Dunstes. Dennoch konnten sie eine Menge von Booten und Seglern zählen, die auf dem See schwammen.

Die Luft war so föhnig warm, dass man sich im Freien niedersetzen konnte. In Stegen parkte Otto Lenz seinen Wagen unter den Bäumen. Darauf führte er seine Begleiterin auf die Seeterrasse, wo sie sich niederließen.

Und sie saßen noch dort, als sich bereits die Nachtschatten über den See breiteten.

Ungefähr zur gleichen Stunde stand ein breitschulteriger Mann vor der Tür einer gutbürgerlichen Schwabinger Wohnung und suchte im Dunkel des Flurs ein Namensschild zu entziffern, drückte dann auf den Klingelknopf. An seinem unsicheren Gebaren merkte man, dass er in diesem Haus fremd war. Überhaupt schien er etwas unbeholfen zu sein, so, als befände er sich in einer ganz ungewohnten Umgebung. Die Bräune seines Gesichtes verriet die Einwirkung von Wetter und Sonne. Die Züge waren rau, aber doch wieder durchgeistigt. Man konnte ihn nicht kurzweg zu den Naturmenschen zählen.

Er musste ein paar Mal läuten, ehe endlich ein Schritt hinter der Tür hörbar wurde. Dann öffnete eine ältere Frau einen Spalt breit die Tür und schaute mit verwunderten Augen auf den Hünen. Sie rechnete mit allem, nur nicht mit der Artigkeit und Zurückhaltung in seiner Anrede.

»Verzeihen Sie! Ich wollte zu Frau Jordan.«

»Frau Jordan ist nicht daheim«, wollte sie ihn kurzerhand abtun. Was anders konnte dieser Besuch denn schon sein als wieder so eine neue Bekanntschaft. Es gefiel ihr schon lange nicht mehr, dass das Mädchen neuerdings alle Augenblicke besucht oder abgeholt wurde, nachdem es am Anfang so zurückgezogen gelebt hatte.

»Schade!«, bedauerte er. »Sie sind wohl die Hauswirtin?«

»Ja.«

»Darf ich Sie bitten Frau Jordan zu bestellen, dass ich da war und dass ich morgen Abend wiederkommen werde? Ich bin Ihr Schwager, Doktor Falger von Thalend.«

Nun blieb der biederen Frau doch einen Augenblick die Sprache weg. Sie korrigierte auch gleich ihre abweisende Haltung und Kürze und erzählte ihm jetzt sehr breit, dass Frau Jordan gegen Abend von einem Herrn mit Auto abgeholt worden sei. Vielleicht seien sie zum

See gefahren, weil das Wetter gerade so schön und warm sei. Selbstverständlich wolle sie seinen Auftrag bestellen und Fräulein Jordan würde sich sicher sehr freuen auf seinen Besuch morgen Abend.

Lydia Jordan kam erst spät in der Nacht heim. Sie war in glänzender Stimmung und sprang die Treppe hinauf. Ihr Herz war voll Übermut und Fröhlichkeit. Leise schloss sie die Tür auf und schlich sich in ihr Zimmer, um die Hauswirtin nicht aufzuwecken.

So wie sie war, stellte sie sich hin vor den Spiegel und betrachtete ihr Gesicht. Sie sah die geröteten Wangen, die wie frisch aufgeblühte Rosen leuchteten, sie sah die glatte, heitere Stirn, die Augen, aus denen Frohsinn schaute.

Ja, es war ein herrlicher Tag geworden! In ihren Ohren klangen jetzt die Worte, die der geliebte Mann zu ihr gesprochen hatte. Sie hatte sie in ihrem Herzen bewahrt. Sie hörte noch die Musik, die im Seerestaurant gespielt hatte zur Feier der Nachkirchweih. Und sie hatten getanzt, pausenlos, bis ihre Gesichter glühten.

Und dann, als der Tag erloschen war, hatte Otto plötzlich hinaus wollen auf den dunklen See. Sie waren in das Segelboot gesprungen, kühl war die Luft gegen ihr erhitztes Gesicht gefahren. Der Dunst über dem See war verschwunden gewesen und über die Landschaft hatte sich ein sternenklarer Himmel gewölbt.

Otto Lenz verstand etwas vom Segeln. Ohne Mühe gewann er zügige Fahrt. Die Lichter, die nach und nach um sie herum auftauchten, verrieten, dass sie nicht allein waren, aber doch so ungestört, dass sie eintauchten in den Frieden und in den Traum der nächtlichen Landschaft. Und in das unendliche Schweigen waren dann plötzlich seine Worte gefallen. Er hatte sehr leise gesprochen, ohne Leidenschaft und doch aus einer unendlichen Tiefe seines Gemütes. Sie hatte gelauscht, in Jubel und Ergriffenheit zugleich. Es war die Offenbarung seiner Liebe gewesen: ein Bitten und Flehen um die Gemeinsamkeit, um das Füreinandersein, das seinem Leben und Streben bisher gefehlt hatte …

Er hatte schonungslos von seinen Verfehlungen gesprochen, von unheilvollen Verirrungen, vom Licht und Glück, das er endlich in ihr gefunden habe …

Sie wagte nicht sich nach ihm umzuschauen. Er saß dicht hinter ihr und beschäftigte sich mit den Segeln. Er nahm plötzlich einen anderen Kurs und stieß immer tiefer in die nächtliche Weite des Sees vor.

»Ich weiß nicht, was das Schicksal uns beiden bestimmt hat«, war er leise fortgefahren zu sprechen. »Ich weiß nur, dass ich dich liebe, Lydia! Unendlich und unbeschreiblich! Es gibt nur noch ein Glück für mich und das bist du! Du bist der Sinn meines Lebens!«

Er ergriff plötzlich ihre Hand mit einer solchen Heftigkeit, dass sie erschauerte. »Ich weiß, was ich von dir fordere, aber glaube mir, wir werden den Weg zueinander finden, weil es für uns beide keinen anderen gibt! Ich will meine Scheidung mit größtem Eifer betreiben und es wird nicht mehr lange dauern, bis ich frei bin! Frei für dich und unser Glück!«

Und diese Worte klangen Lydia in den Ohren, als sie sich im Spiegel betrachtete.

Und da war plötzlich ein Pochen an der Tür. Erschrocken wich sie vom Spiegel zurück.

Es war die Hauswirtin, die jetzt mit einer Entschuldigung ins Zimmer trat. Ihr Gesicht verriet die Wichtigkeit einer Mitteilung. »Sie sind heut sehr spät heimgekommen, Fräulein Jordan!«

»Spät?«, wiederholte Lydia etwas gereizt. Was ging es diese Frau an, wie lange sie am Abend ausblieb?

»Ich hab auf Sie gewartet.«

»Wozu?«

»Ich hab Ihnen etwas zu bestellen. Ein Besuch war da.«

»Ein Besuch? Für mich?«

»Aus Thalend.«

Man spürte, dass irgendetwas in dem Mädchen vorgegangen war. Die Augen der Hauswirtin lagen forschend auf dem Gesicht, aus dem alle Frische und Fröhlichkeit weggewischt war. Sie wartete auf eine Reaktion. Aber es kam nichts. Schweigend stand Lydia vor ihr und schaute an ihr vorbei.

»Ich soll Ihnen bestellen, dass der Herr morgen Abend wiederkommen wird.«

Lydia nickte stumm.

»Gute Nacht!« Mit diesem kurzen Gruß schlich die Frau sich wieder davon.

Lydia schaute auf die Tür, die sich hinter ihr fast lautlos schloss. So also sah das Ende dieses Tages aus!

Thalend! Vor ihren Augen erstand eine Landschaft mit starren, hoch aufragenden Bergen, ein stilles, enges Tal, durch das ein wilder Bach rauschte, ein Dorf, in dem die flachgiebeligen, gedrungenen Häuser um eine düstere Kirche standen. Sie spürte die andere Luft, die bald eisig kalt, bald föhnig lau durch die offenen Felstore hereinzog, sie sah die Menschen mit ihren harten

Gesichtern, mit ihren hageren, abgeschundenen Gestalten, mit ihrem Schweigen.

Nein, sie wollte nicht daran erinnert sein. Dieses Tal ohne Freude durfte keinen Einfluss mehr auf sie gewinnen! Dieser Richard Falger, dachte sie, soll nicht kommen! Sein plötzliches Auftauchen empfand sie wie eine Gefahr für ihr Glück. Schon die bloße Vorstellung, dass er irgendwo in der großen Stadt gegenwärtig war, erfüllte sie mit Unbehagen. Sie fühlte sich bedroht in ihrer Freiheit.

Alles in ihr setzte sich zur Wehr gegen den Gedanken, es könnte sich plötzlich etwas ändern in ihrem Leben, vielleicht gar in der Gestaltung ihrer Freizeit oder an den Freuden und Hoffnungen ihres jungen Herzens. Und das durfte nicht sein!

Oft hatte sie befürchtet, dass einmal irgendeine Ungunst auftreten und sich zwischen sie und den geliebten Mann drängen könnte, um mit rauer Hand das Glück zu zerbrechen. Und nun sagte ihr die Ahnung, dass Doktor Richard Falger diese raue Hand war, vor der sie sich bisweilen gefürchtet hatte. Was konnte sie jetzt dagegen machen? Er war in München und morgen Abend würde er hier in diesem Zimmer vor ihr stehen. Sie konnte ihm nicht entrinnen.

Als am folgenden Tag gegen Feierabend Otto Lenz seine Mitarbeiterin einlud, mit ihm ein Konzert der Philharmoniker im Kongresssaal zu besuchen, wollte sie ausweichend ablehnen. Aber er gab keine Ruhe, bis sie ihm den wahren Grund ihrer Verhinderung eingestand.

»Ein Besuch? Gar aus dem Gebirge?«, fragte er. »Ist

er von so großer Bedeutung, dass wir uns nicht sehen können?«

»Doktor Falger von Thalend.«

»Wer ist das?«

»Mein Schwager. Ich weiß nicht, wie lange er sich schon in München aufhält. Ich hab ihn noch nicht gesehen, aber er ließ mir sagen, dass er mich heut Abend besuchen werde.«

»Der Mann deiner verstorbenen Schwester?«

»Ja.«

»Aber das trifft sich sehr gut, Lydia!«, überlegte er zur großen Überraschung des Mädchens. »Das Konzert findet aus Anlass des Ärztekongresses statt. Sicher ist dein Schwager bereits im Besitz der Karten. Dann treffen wir uns vor der Halle. Ich möchte den Herrn sehr gern kennen lernen. Abgemacht?«

Sie fand nicht den Mut zu widersprechen und sie hätte ihm so gern gesagt, dass er da etwas sehr Unsinniges tat. Er kannte eben Richard Falger nicht und wusste nichts von seiner Einstellung gegenüber menschlichen Empfindungen und Lebensauffassungen.

Er deutete ihr Schweigen als Einverständnis. »Dann auf Wiedersehen vor der Halle zum Beginn des Konzertes«, sagte er zum Abschied.

Und sie vermochte nicht zu widersprechen.

Lydia Jordan hatte ihr Zimmerchen recht hübsch vorbereitet und ein paar Herbstblumen auf den Tisch gestellt. Sie wählte ein Kleid, das nicht gerade dem letzten Schrei der Mode entsprach, aber doch ihre Schönheit betonte. Sie hatte es schon lange nicht mehr getragen, aber zu diesem Empfang passte nur diese Garderobe.

Das wusste sie. Auch an der Frisur ihrer dunkelbraunen Haare hatte sie eine kleine Korrektur vorgenommen und fand dann selbst, als sie sich im Spiegel betrachtete, dass das Einfache, Natürliche doch das Schönste war.

Sie stellte sich die Frage: Wozu denn das alles? Was ging es diesen Doktor Falger von Thalend schon an, wie sie sich kleidete und welche Frisur sie trug? Konnte es ihr nicht ganz gleich sein, ob sie ihm nun gefiel oder nicht?

Trotzdem beließ sie alles so, wie es war.

Dann kam er. Sie vernahm seine Stimme draußen im Flur, als er ein paar Worte mit der Hauswirtin wechselte, die ihn eingelassen hatte.

Und dann klopfte er an die Tür.

»Herein!«

Jetzt stand er vor ihr, blond und groß, ein Hüne an Gestalt, mit einem von Gesundheit strotzenden Gesicht. Gewiss, kein Mensch mochte es ihm ansehen, dass er ein ganz bekannter Arzt war. Man hätte ihn eher für einen Förster halten können.

Sie hatte ihn nun schon zwei Jahre nicht mehr gesehen. Er war gut gekleidet, wenn auch etwas anders, als man es in der Stadt von Leuten seiner Stellung gewöhnt war. Auch der derbe Lodenstoff und die Machart passten ganz zu seiner Erscheinung.

»Richard!«, sagte sie fast tonlos. »Wie kommt es zu einer solchen Überraschung?«

»Daran hast du wohl nicht gedacht, dass ich einmal hier in München auftauchen könnte?« Er lachte ein wenig, umfing prüfend ihre Gestalt und schaute sich schließlich ganz unbekümmert im Zimmer um. »Ich hab am Kongress teilgenommen«, sagte er und behielt immer noch ihre Hand. »Was hättest du von mir denken müssen, wenn ich dabei nicht auch an dich gedacht hätte? Du hast nie etwas hören lassen! Wir wussten nicht, wie es dir geht!«

Sie setzten sich an den Tisch. Er betrachtete die Blumen, die so viel Freundlichkeit in den Raum brachten. »Ich wusste freilich nicht, ob ich dir mit meinem Besuch eine Freude mache oder nicht«, bekannte er offen. »Aber jetzt sehe ich, dass du doch einige Vorkehrungen für den Empfang getroffen hast. Dafür danke ich dir, Lydia! Es ist wirklich sehr hübsch hier – und vor allem sind es die Blumen, die mich erfreuen!«

Sie wurde merklich verlegen, man wusste eben nie, wie er es meinte. Es konnte eine Anerkennung, aber auch ebensogut ein Spott sein. »Du bleibst doch ein wenig da?«

»Nicht lange!«

Sie eilte zu ihrer Hauswirtin, um Getränke und einen Imbiss zu bestellen. Es war alles schon servierfertig vorbereitet.

»Ich kann es immer noch nicht fassen, dass du wirklich zu uns nach München gekommen bist!«, sagte sie, als sie zurückkam.

Zu uns, hatte sie gesagt? Rechnete sie sich schon zu den Einheimischen? Freilich, sie war nun doch schon mehrere Jahre hier und ihr Herz hatte sich bereits gelöst von ihrer Bergheimat.

»Du meinst, ich hätte diese paar Tage, die ich mich im Jahr einmal freimachen kann, auf eine schönere Art verwenden sollen? Ich bin Arzt von Thalend, Lydia! Weißt du, was das heißt? Ich habe keine Möglichkeit, selbst die kompliziertesten Fälle in eine große, moderne

Klinik zu schicken. Ich kann nicht einmal einen Kollegen zu Rate ziehen. Ich bin ganz allein.« Er schwieg und sah in seiner Nachdenklichkeit düster, fast hart aus.

»Ich verstehe«, sagte sie. »Ein Landarzt auf entlegenem Posten muss Herr aller Situationen sein. Das hat mein Vater immer gesagt. Du bist also nach München gekommen, um dir die neuesten Erfahrungen in der chirurgischen Forschung zu eigen zu machen für deine Tätigkeit draußen im einsamen Bergtal. So ist es doch?«

»Ja, so ist es. Du bist sehr klug, Lydia! Das warst du eigentlich immer schon. Aber lassen wir diese düsteren Dinge. Schließlich hat man nicht gerade jeden Tag den Tod zu seinem Widersacher. Sprechen wir lieber von dir, wie es dir geht und was du treibst. Wenn ich zurückdenke an den Tag, an dem ich zum ersten Mal in euer Haus kam! Da warst du noch sehr jung, ein wenig stolz und trotzig. Und als ich mich mit deiner Schwester verlobte, warst du unser grimmigster Gegner. Das soll jetzt kein Vorwurf sein. Ich glaub, du hast es mir bis jetzt noch nicht verziehen, dass ich die Martha weggeholt hab. Heut haben wir sie beide verloren.«

Sie wusste wieder nicht, wie er das meinte. Sie wagte kaum zu ihm aufzuschauen. Er ging jetzt schnell von diesem Thema ab und fragte nach ihrem Tun.

Sie erzählte ihm von ihrer Arbeit im Laboratorium, von ihrem Leben in der Stadt, von den Abenden der bunten Kurzweil, von ihrer Freude an allen Schönheiten einer Großstadt, die sich ihr nach und nach erschlossen hatten. Sie sprach von ihren sommerlichen Ausflügen zum Ammer- oder Starnberger See, wo immer ein lustiger Badebetrieb war …

»Dann hast du auch sicher schon gute Bekannte gefunden?«

»Ja, Herr Lenz, ein Arbeitskollege, der auch mein Vorgesetzter ist, hat sich meiner angenommen …«

Er hatte den Kopf ein wenig erhoben und schaute ihr jetzt ins Gesicht. Sie fühlte die Frage, die ihm auf der Zunge lag, und wich nun in der Erwartung irgendeiner kritischen Bemerkung seinem Blick aus. Aber er schwieg.

»Wir besuchen miteinander Opern und Konzerte. Manchmal holt er mich mit seinem Wagen ab und dann fahren wir an den See. Er ist ein guter Segler und hat ein eigenes Boot.«

Sie brach jetzt ab. Sein Blick lag immer noch auf ihrem Gesicht.

»Du hast dich also schon gut in dieser neuen Welt eingelebt«, sagte er dann voll Ruhe und Beherrschung. »Hast du nie Heimweh nach den Bergen gehabt?«

»Heimweh? Zum Anfang kam es wohl vor, dass mich ein Gefühl der Verlassenheit beschlich. Der Verlust meiner Schwester hat mich lange beschäftigt.«

Sie unterbrach sich, weil die Hauswirtin jetzt die Getränke und das Essen brachte. Sie zog sich gleich wieder zurück.

Sie aßen beide sehr wenig.

»Meine Mutter lässt dich recht herzlich grüßen, Lydia!«, sagte er plötzlich.

Nun kam eine gewisse Ergriffenheit über sie. »Deine Mutter war so gut zu mir! Wie geht es ihr?«

Er zögerte. »Lydia, eigentlich bin ich in einer ganz bestimmten Absicht zu dir gekommen. Das will ich dir nun gestehen. Vielleicht weißt du, wie sehr meine Mutter

Martha geliebt hat. Sie hat es vielleicht nicht so zeigen können. Seit ihrem Tod ist eine Schwermut über die Mutter gekommen, obwohl sie sich tapfer gezeigt hat, wohl am tapfersten von uns allen. Aber du kennst ja unser Tal und ich brauch dir nicht zu erklären, wie schwer die Stille, die Einsamkeit, die Abgeschlossenheit von aller Welt zumal in den langen, düsteren Wintermonaten auf dem Gemüt eines Menschen lasten, der Betriebsamkeit gewöhnt ist. Ich habe sehr viel zu tun und bin immer unterwegs. Ich kann mich nicht um die Mutter und nicht so um mein Kind kümmern, wie ich es möchte. In meiner Not kam ich heut zu dir. Bitte, Lydia! Komm in diesem Winter zu uns nach Thalend! Meine Mutter sehnt sich danach! Du bist jung und lebhaft, du wirst sie aufrichten! Was kann dir die große Stadt schon bedeuten? Und deine Arbeit? Entspricht sie auch deinem Wissen und Können? Ich hätte in Thalend viel Schöneres und Besseres zu tun für dich, an den Kranken, an den Operierten. Auch in Thalend stellt das Leben den Arzt häufig vor Probleme, ihn und seine Helfer!«

Sie war von dieser Wendung des Gesprächs so überrascht, dass sie sich erst fassen musste, um zu begreifen, was er forderte. Es kam ihr so unwirklich vor. Der Gedanke an die gute, alte Falgermutter, die die schwere Aufgabe übernommen hatte das frauenlose Arzthaus zu betreuen und dem Konrad die Mutter zu ersetzen, erschütterte sie. Sie hatte sich nicht einmal mehr darum gekümmert, wie es in Thalend zuging und wie die drei Menschen über den Verlust Marthas hinweggekommen waren. Sie schämte sich nun ihrer egoistischen Ziele, worüber sie alles andere vergessen hatte. Nein, es gab kein Zurück mehr für sie! Sie war eine andere geworden!

»Hast du mir nichts darauf zu erwidern?«, fragte er, durch ihr langes und nachdenkliches Schweigen beunruhigt.

Sie sah ihn hilflos an.

»Dann verzeih mir, Lydia! Ich konnte nicht wissen, dass du in München bereits so sesshaft geworden bist. Vielleicht ist es meine eigene Schuld, weil ich zu lange damit gewartet habe!«

»Nein, nicht so!«, flehte sie. »Lass mir einige Zeit zur Überlegung! Ich habe hier meine Arbeit. Es ist mir gelungen aufzurücken. Meine Stellung ist so, dass man sie nicht leicht aufgeben kann! Ich kann nicht einfach davonlaufen! Begreife das doch, bitte!«

»Selbstverständlich begreife ich das, Lydia! Dann komm wenigstens auf ein paar Wochen zu uns! Vielleicht über Weihnachten!«

»Damit wird deiner Mutter kaum gedient sein.«

»Vielleicht doch.« Sein Blick hing erwartungsvoll, fast ängstlich an ihrem Gesicht.

Sie zögerte.

Das machte ihn plötzlich bitter. »Warum willst du mir nicht die Wahrheit sagen, Lydia? Sind wir uns so fremd geworden? Sag doch, dass es nicht die Arbeit ist, nicht die Stellung, nicht die Stadt, was dich hier festhält, sondern die Liebe! Du hast dich in einen Mann verliebt! Das ist eine ganz natürliche Erscheinung in deinem Alter und du brauchst dich deswegen nicht schämen. Ich möchte deinem Glück auch nicht im Wege sein, im Gegenteil, ich wünsche dir von ganzem Herzen, dass du es findest! Und es soll länger dauern, als es deiner Schwester vergönnt war!«

Er stand auf und schaute auf die Uhr. »Ich muss jetzt

leider gehen, weil ich noch ins Hotel muss, um mich umzukleiden. Bitte, entschuldige mich!«

Sie wusste nicht, wie sie ihn begütigen könnte. Sie hatte ihn bitter enttäuscht und es tat ihr weh. Aber sie fand im Augenblick kein passendes Wort.

»Eigentlich hab ich mir alles anders vorgestellt«, fuhr er fort. »Ich wollte dich mit ins Konzert nehmen und hab sogar eine zweite Karte besorgt. Ich werde nie vergessen, dass du die Schwester meiner geliebten Martha bist. Sollte ich mich bisher nicht in dieser Art gezeigt haben, dann bitte ich dich es zu vergessen!«

Diese Worte blieben nicht ohne Wirkung. Plötzlich schossen ihr die Tränen in die Augen und ihre Stimme zitterte, als sie fragte: »Und wenn ich dich bitte mich mit ins Konzert zu nehmen, wirst du es mir abschlagen nach alldem?«

Da erhellte ein Strahl der Freude sein Gesicht. »Wie? Du willst wirklich mitkommen?«

Sie nickte lächelnd.

»Ich dank dir dafür, Lydia!«

Sie stürzte schon durch die Tür in das Schlafzimmer, um sich in Eile fertig zu machen. Und als sie nach einer Weile zurückkam, trug sie ein dunkles, festliches Abendkleid in vollendeter Eleganz.

Er war zu ehrlich, um ein Staunen vor ihr zu verbergen. Er fand abermals die natürliche, unleugbare Ähnlichkeit mit der Frau, die einmal das Glück seines Lebens gewesen war. Aber er war viel zu schüchtern und zu ungeschickt, um ein Wort der Bewunderung zu finden.

In geradezu scheuer Zurückhaltung ging er neben ihr die Treppen hinab. Er kam sich auf einmal so klobig, so linkisch, so unbeholfen vor: Er war ein Mensch aus einer ganz anderen Welt.

Auf den Treppen und in den Wandelhallen zum Kongresssaal bewegte sich ein Gewirr von Menschen, Frauen in großer Garderobe, Herren im schwarzen Frack, Menschen jeden Lebensalters, durchweg intellektuelle Gesichter, kluge Augen hinter dickrandigen Brillen. Bei Begegnungen wurde gegrüßt, vorgestellt und komplimentiert.

Nur Richard Falger, der vierschrötige Arzt von Thalend, schien keinerlei Beziehungen zu diesem vornehmen Kreis zu haben, wenigstens wurde er von niemandem gegrüßt, nicht einmal beachtet. Unbekümmert um die Umgebung führte er seine Begleiterin zur Halle. Dass ihnen dabei doch manches Auge verwundert folgte, das sahen sie nicht. Die Anmut und Schönheit Lydias erregte Interesse und bei den meisten Beobachtern mochte wohl die Frage auftauchen: Wie kommt dieser robuste, ungeschlachte Mann zur Bekanntschaft dieser jungen und schönen Frau?

Auch Richard Falger trug den Frack wie alle anderen Männer, aber er kleidete ihn schlecht. Sein weiter, ungefüger Schritt und seine schwerfälligen, linkischen Bewegungen standen dazu in krassem Widerspruch. Er war ein verbauerter Landarzt und mit den gesellschaftlichen Sitten nicht vertraut.

Und vor der Halle trat ihnen plötzlich ein fremder Mann entgegen, der mit formeller Verbeugung Lydia begrüßte.

Sie reichte ihm mit einem freudigen, bezaubernden Lächeln die Hand und wandte sich dann an ihren Begleiter: »Das ist Herr Lenz, mein Vorgesetzter, ich hab dir bereits von ihm erzählt.« Und dann stellte sie ihren Begleiter vor: »Herr Doktor Falger aus Thalend ...«

Die Herren gaben sich die Hand.

»Ich freue mich, Sie kennen zu lernen, Herr Doktor!«, sagte Otto Lenz freundlich. »Wenn Fräulein Lydia von ihrer Bergheimat erzählte, hat auch Ihr Name gelegentlich Erwähnung gefunden.«

Richard Falger verhielt sich spürbar reserviert. Er sagte nur ein paar unvermeidliche Worte und betrachtete den Fremden mit aufmerksamen Blicken. Es entstand eine peinliche Situation.

Aber der weltgewandte Chemiker vermochte sie sofort zu überbrücken, indem er sich plötzlich für den Wirkungskreis des jungen Arztes interessierte. Er fragte nach der geographischen Lage des unbekannten Dorfes, ließ sich die Namen der Berge sagen, die das abgeschiedene Tal umschlossen, und brachte somit den zurückhaltenden, wortkargen Mann zum Sprechen. Schließlich kam sogar eine recht angeregte Unterhaltung zustande, denn Richard Falger sah sich auf einmal in seinem Element und beschrieb mit begeisterten Worten sein heimatliches Bergtal.

Als die Glocke den Beginn des Konzertes anzeigte, waren sie schon gute Bekannte geworden.

»Nach dem Konzert erwarte ich Sie am Ausgang«, sagte Otto Lenz zum Abschied. »Ich hab meinen Wagen da. Vielleicht fahren wir zu einem Pfälzer Weinstübchen? Es wäre nett, wenn wir noch ein Stündchen zusammensitzen könnten! Nicht wahr?«

Es blieb keine Zeit mehr zur Überlegung. Sie mussten sich trennen, um auf ihre Plätze zu kommen; denn die ersten Lichter waren bereits erloschen.

Das Orchester brachte Beethovens Neunte zum Erklingen. Doktor Richard Falger ließ jetzt seinen Gedanken freien Lauf. Er dachte an den Mann, der ihm eben begegnet war, an den Chemiker Otto Lenz. Die Art, wie er plötzlich aufgetaucht war und wie er Lydia begrüßt hatte, ließ ihn nicht zur Ruhe kommen. Irgendetwas an dem Mann hatte ihm nicht gefallen. Vielleicht war er ihm auch nur zu vorlaut erschienen. Er war solcherlei Freimut nicht gewöhnt. Vielleicht war die Begegnung gar nicht so zufällig gewesen, wie es den Anschein hatte?

Gewaltsam befreite er sich von dem Gedanken, dass zwischen den beiden geheime Abmachungen bestanden haben könnten. Er dachte jetzt an das ferne, einsame Gebirgstal, das zu seinem Lebensschicksal geworden war, von dem er nicht mehr loskam.

Er konnte sein, wo er wollte, er würde immer dorthin gehören, zu jenen Menschen, die im Schatten der Berge lebten, die in der Härte und im täglichen Ringen mit der Natur geboren wurden, wuchsen und vergingen. Er brauchte diese Menschen und sie brauchten ihn.

Als der Beifall verrauscht war und die erste Pause eintrat, wartete Lydia gespannt darauf, ob er jetzt irgendeine Äußerung über Otto Lenz machen würde. Sie hatte bemerkt, dass der elegante Mann einen unklaren Eindruck in ihm hinterlassen hatte. Sie rechnete daher damit, dass er nun einige Fragen an sie richten würde, und sie hatte ein wenig Angst davor.

Aber er fragte nichts. Statt dessen fing er plötzlich

leise von ganz anderen Dingen an zu erzählen: »Merkwürdig, ich musste eben daran denken, wie ich gleich im ersten Winter nach meiner Niederlassung in Thalend mitten in der Nacht zum Weiler Mangboden geholt wurde. Die Schneeverwehungen waren derart, dass kein Wagen und kein Schlitten durchkam. Wir mussten zu Fuß den Weg antreten. Eine junge Mutter von fünf Kindern bekam eine sehr gefährliche Blutung. Sie hatte eben ihr jüngstes Kind geboren. Ihr Mann hatte sich durch den Schnee zu meinem Haus durchgekämpft und mich verständigt.

Ich durfte nicht säumen, schnallte die Schneeschuhe an und begab mich mit dem Mann hinaus in die Nacht. In der Höhe setzte bereits der Föhn ein. In der Talenge, einem sehr gefürchteten und von Lawinen gefährdeten Gebiet, spürten wir ein verdächtiges Grollen und Beben unter den Füßen. Ich wusste, was es zu bedeuten hatte, und auch mein Begleiter wusste es. Von den Steilhängen stürzten die Grundlawinen. Wir setzten alle Kraft ein, um der Gefahr zu entkommen. Aber da war es auch schon geschehen: Wir wurden von einer niedersausenden Lawine gestreift, zu Boden geworfen und verschüttet, jedoch so, dass wir uns selbst wieder befreien konnten. Knapp dem Tod entronnen schrie mich der Mann an: ›Es geht nicht, Herr Doktor! Wir können hier nicht weitergehen!‹

›Gibt es einen anderen Weg?‹

›Nein.‹

›Dann in Gottes Namen, Mann! Der Tod ist überall. Im Augenblick bedroht er eine Mutter von fünf Kindern. Wir dürfen nicht säumen!‹

Er wollte mich festhalten, aber ich stieß ihn beiseite

und ging weiter. Damals überkam es mich wie eine übersinnliche Berufung, die gerade dem Arzt gesetzt ist. Ich durfte nicht versagen. Den Mann, den die Todesangst entmutigt hatte, hatte ich vergessen, ich bemerkte erst später, dass er mir beschämt gefolgt war. Immer war das Beben und Grollen um uns und bisweilen schlug uns der Schneestaub ins Gesicht. Wie durch ein Wunder erreichten wir endlich den Mangboden. Ich konnte die kranke Frau gerade noch retten, aber der Kampf um ihr Leben dauerte die ganze Nacht.

So ist es angegangen, mein Leben in Thalend, und so ist es geblieben. Ist es nicht verwunderlich, dass man so ein Leben lieben kann, Lydia? Man sieht sich mitten in die Natur gestellt mit all ihren Härten und Gefahren. Aber man verliert dabei den Kontakt zur Welt, zur sogenannten guten Gesellschaft. Ich weiß, dass ich ein anderer geworden bin und dass viele, die hier sitzen, über mich und meine Art lächeln. Auch du hast es innerlich getan, Lydia! Ich fühle mich hier eben nicht daheim. In solcher Umgebung bin ich nichts als ein ungefüger Klotz. Aber daheim in Thalend ist das ganz anders. Dort lächelt niemand über mich …«

Er musste abbrechen. Die Pause war zu Ende.

Nach dem Konzert wurden sie am Ausgang von Otto Lenz erwartet. Er führte sie zu seinem Wagen und dann fuhren sie in ein schönes, modernes Weinlokal, in dem auch getanzt wurde. Es dauerte nicht lange, dann tanzte auch Lydia über das spiegelnde Parkett, einmal mit Otto Lenz, ein andermal mit einem fremden Tänzer, der sie vom Tisch wegholte.

Nur Richard Falger saß unbeteiligt da und suchte sich mit dem Unabänderlichen abzufinden. Er fand nicht den Mut nach diesem ungewohnten Leben zu greifen. Er wusste, dass er unangenehm auffallen würde. Man würde ihn wieder für einen Bauern halten.

Seine Gedanken beschäftigen sich in einem fort mit Lydia. Es tat ihm Leid, dass sie bereits so weit von ihrer natürlichen Art abgekommen war. Er sah, wie dieser Otto Lenz mit Erfolg um sie warb, und er stellte fest, dass zwischen diesen beiden Menschen bereits eine tiefere Bindung bestand. Deshalb erfasste ihn bitteres Heimweh nach Thalend. Er dachte an sein Kind und seine alte Mutter. Er wusste, mit wie viel Sehnsucht sie auf seine Rückkehr warteten.

»Morgen ist der letzte Tag. Ich werde wohl schon mit dem Abendzug München verlassen«, sagte er nachdenklich.

»Zuvor wirst du mich doch noch einmal besuchen?«, wandte Lydia ein.

»Liegt dir so viel daran?«

Sie schaute ihn fast erschrocken an. »Ja, bitte, komm noch einmal zu mir!«

»Gut, wenn es mir möglich ist, werde ich dich noch besuchen!«

Sie hatte alles wieder nett vorbereitet und freute sich auf seinen Besuch. Bis zum späten Abend wartete sie auf ihn. Dann brachte ihr ein Bote einen Brief, in dem Richard Falger ihr mitteilte, dass es ihm leider nicht mehr möglich gewesen sei zu ihr zu kommen. Der Schluss des Kongresses habe über die Zeit gedauert, so dass er gerade noch den Abendzug erreichen werde. Und er werde daheim dringend erwartet. Sie möge so viel Frieden und Glück finden, wie er ihr wünsche.

Otto Lenz bedachte er mit keinem Wort. Nicht einmal einen Gruß an ihn gab er auf. Und sie hatten sich doch gestern Abend noch so freundschaftlich verabschiedet.

4

Wochen waren seitdem vergangen. Es war kälter geworden. In den Morgenstunden lag Reif auf den Dächern oder es zog dichter, kalter Nebel durch die Straßen der Stadt.

Lydia Jordan wurde von einer seltsamen Unrast befallen. Sie war nicht mehr zufrieden mit ihrem Leben und mit sich selbst. Eigentlich konnte sie sich nicht beklagen, denn Otto Lenz verstand es wie kein zweiter, dem Dasein eine heitere Seite abzugewinnen, immer wieder hatte er eine Überraschung für sie bereit.

Trotzdem regte sich seit dem Besuch des Thalender Arztes einer Stimme in ihr, die von keiner Freude des Lebens übertönt werden konnte. Oft geriet sie ins Grübeln und erforschte ihr Gewissen, als hätte sie eine unrechte Tat begangen oder sich zum Mindesten einer Nachlässigkeit schuldig gemacht.

Otto Lenz hatte längst erkannt, dass der Doktor von Thalend mit seinem Besuch das Mädchen in Unruhe gebracht hatte, und er gab sich alle Mühe ihre Gedanken in eine andere Richtung zu lenken. Als aber nichts half, schlug er ihr eines Tages vor, zusammen mit ihm auf einen oder zwei Tage ins Gebirge zu fahren. Vielleicht nach Thalend!

Doch das lehnte sie erschrocken ab. »Der Winter bricht dort früh ein. Sicher liegt schon Schnee auf den Straßen!«

»Dann nehmen wir die Ski mit! Du hast mir einmal erzählt, dass das Skifahren dein Lieblingssport war.«

»Ja, damals. Aber du kennst Thalend nicht. Ich kann dir nicht beschreiben, wie hart und unbarmherzig die Natur dort ist. Und wie die Natur sind auch die Menschen. Sie kennen kaum das Gebot der Rücksicht. Nein, ich will nicht nach Thalend!«

Es wurde nichts aus diesem Ausflug.

Eine Weile hatte sie darauf gewartet, dass ein Brief käme, worin sie nochmals eingeladen würde über Weihnachten nach Thalend zu kommen. Aber es kam nichts.

Und dann geschah es einmal, dass sie mitten in der Arbeit aufschaute und ihren Blick zum Fenster richtete, als hätte sie von dort einen Ruf vernommen. Aber das Fenster war leer. Nur der Rauch der Kamine, der sich in die Straßen drückte, zog vorbei. Es war ein feuchtkalter Tag, ab und zu wirbelten Schneeflocken nieder.

Sie überlegte, welchen Dingen sie eben wieder nachgesonnen hatte, dass sie alles um sich auf einmal so unwirklich und fremd empfand, die düstere, kahle Mauer, die durch das Fenster von der gegenüberliegenden Seite zu ihr herüberschaute, den trüben, stickigen Zug des Rauches, die furchtbare Enge …

Mitten im Winter und mitten in einer großen, geschäftigen Stadt kam ihr plötzlich das Erinnern an eine längst vergangene Sommernacht in den Bergen: Sie war damals mit ihrer Schwester Martha auf einem Fest in Elbigenalp gewesen und beide hatten vor lauter Tanz und Fröhlichkeit und Unbekümmertheit den Omnibus versäumt. Sie mussten nun den Weg nach Hause zu Fuß gehen. Die Eltern würden sorgenvoll auf sie warten. Es war ein stundenlanger, unheimlicher Weg gewesen und sie hatten sich fast zu Tode gefürchtet, wenn einmal irgendwelche undeutbaren Geräusche aus den Wäldern oder aus dem Rauschen der Wildbäche kamen. Und da hatte plötzlich ein Mann mitten auf der Straße gestanden und in vielleicht ganz harmloser, aber frecher Haltung ihr Näherkommen abgewartet. Zusammengedrängt wollten sie an dem Fremden vorbei und sahen nur an seiner Kleidung und Ausrüstung, dass es ein junger Bergsteiger war.

»Wohin?«, fragte er.

»Nach Holzen«, hatte Martha darauf geantwortet, was sie, Lydia, nicht begriffen hatte; denn was kümmerte es diesen jungen Mann, wohin sie gingen?

»Darf ich mich vielleicht anschließen?«, war die weitere Frage gewesen, und ohne eine Erlaubnis abzuwarten hatte sich der baumlange Kerl an ihre Seite gemacht und war müde und nachlässig neben ihnen hergetrottet. Später fing er dann an von seiner heutigen Bergfahrt zu erzählen, von Abenteuern und Zwischenfällen, und schließlich wurde er recht nett. Im Laufe des Gespräches erfuhren sie, dass er Student sei und in einem Berghof seine Heimat habe.

Die Unterhaltung wurde immer lebhafter, besonders Martha tat nun eifrig mit. Aber niemand ahnte damals, dass diese flüchtige Bekanntschaft zu ernsthaften Beziehungen führen würde: Der junge Mann von damals war der Medizinstudent Richard Falger gewesen.

Martha hatte sich in ihn verliebt – und schon als

die Eltern noch lebten, war es zur Verlobung gekommen …

Martha war tot und Richard Falger war Arzt in Thalend. Das Vermächtnis einer großen Liebe war ein Kind …

Warum musste sie heute immer wieder daran denken? Was hätte sie den Leuten in Thalend sein können? Nichts. Sie konnte nicht umgehen mit Menschen dieser Art. Sie hätte sich lebendig begraben. Sie war an die Stadt gewöhnt und sie liebte einen Mann …

War es ein Zufall oder wollte es das Schicksal, dass sie am gleichen Tag noch vor eine schwere Entscheidung gestellt wurde? Sie hatte sich mit Otto Lenz zum Abendessen verabredet, ging aber zuerst noch heim, weil sie einige Besorgungen zu erledigen hatte. Sie kam dabei an einer Kirche vorbei und ohne sich ihres Tuns bewusst zu sein drückte sie gegen die Tür und trat ein.

Eine unwahrscheinliche Stille umfing sie. Es brannten nur ein paar Kerzen und das rote ewige Lämpchen vor dem Altar. Das Schiff der Kirche lag im Dunkeln und schien leer. Ihr Auge musste sich erst an die Düsternis gewöhnen, ehe sie in einem der Betstühle eine Frau gewahrte, die dort kniete. Seltsam, die einsame Beterin erweckte ihr Interesse. Es war noch eine junge Frau und gut gekleidet. Neben ihr saß ein kleiner Knabe von etwa vier Jahren, der sich fast unnatürlich ruhig verhielt. Immer wieder richtete sie ihren Blick auf die Frau und dann sah sie, dass dieser die Tränen über die bleichen Wangen liefen. Aber man hörte keinen Ton, keine Klage, kein Schluchzen. Es war ein stummer, verzweifelter Hilferuf zum Himmel …

Davon war Lydia bis ins Mark erschüttert. Welch furchtbares Leid mochte über die Frau gekommen sein? Wem mochten ihre Tränen gelten? Für wen sprach sie ihr stilles Gebet?

Vielleicht galten ihre Tränen dem Mann? Dem Bestand ihrer Ehe? Furchtbar, wie groß das Leid vieler Menschen von heute war! Man wusste es nur nicht, weil man nicht darauf achtete im Hasten und Hetzen der Arbeit und der Vergnügungen. Die Not der Menschen verbirgt sich vor der Öffentlichkeit. Sie wagt sich nicht hervor …

Sie wagt sich nicht hervor? Nein, man achtet nur nicht darauf! Man will sie nicht sehen! Man will leben und glücklich sein! Sogar auf Kosten der Mitmenschen! So ist das!

Sie liebte Otto Lenz ohne auch nur einmal daran gedacht zu haben, dass sie damit einer anderen Frau ein ungeheures Leid zufügte. Und diese andere Frau hatte ein Kind! War das in Ordnung?

Und das erste Mal dämmerte ihr in diesem Augenblick die Erkenntnis ihres unrechten Tuns. Es war eine furchtbare, niederschmetternde Erkenntnis – und in der Ratlosigkeit und Verwirrung ihrer Gedanken floh sie aus der Kirche.

Als sie später mit Otto Lenz beim Abendessen saß, bat sie ihn plötzlich ein paar Wochen Urlaub für sie zu erwirken.

Er schaute überrascht auf und merkte erst jetzt, dass in den Zügen ihres Gesichtes eine Veränderung vor sich gegangen war. »Urlaub? Jetzt im Winter?«

»Ich hab mich entschlossen nun doch nach Thalend zu reisen. Ich muss dort unbedingt verwandtschaftlichen Verpflichtungen nachkommen. Es ist ein Kind meiner toten Schwester da! Nach Weihnachten werde ich wieder zurück sein.«

Er überlegte eine Weile und schaute sie immer wieder aufmerksam an. »Wann willst du fahren?«

»Morgen.«

Er schwieg überrascht.

»Ist es nicht möglich?«, fragte sie.

»Warum diese Eile, Lydia? Was ist den geschehen? Bitte, verschweige mir nichts!«

Sie zögerte. »Ich weiß nicht, was es ist. Es ist wie ein Ruf aus der Ferne, der mich erreicht hat. Ich fühle, dass die Menschen dort mich brauchen.«

Er schaute sie ungläubig an. »Du hast dich einmal sehr gegen diesen Gedanken gewehrt. Du hast es ein Tal ohne Gnade genannt!«

»Das ist es auch. Aber es ist eine Unruhe in mir, die mich quält und martert. Bitte hilf mir!«

Da streckte er ihr die Hand hin. »Ja, ich werde alles für dich regeln. Mit welchem Zug fährst du?«

»Er fährt um 4.50 Uhr am Hauptbahnhof ab.«

»Ich werde dich zur Bahn bringen.«

»Danke!«

»Werde ich von dir hören?«

»Aber gewiss!«

»Würdest du mir erlauben, dass ich dich, vielleicht in der Weihnachtszeit, besuche?«

»Ich bitte dich sogar darum! Du kennst ja meinen Schwager.«

Da hob er sein Glas. »Dann auf ein frohes Wiedersehen in Thalend!«

Nun zeigte sie doch wieder ein Lachen und scherzend trank sie ihm zu. Dass sie dahinter Tränen verbarg, das merkte er nicht.

Wenn der Winter über Thalend hereinbrach, dann zeigte er in einem geradezu erschreckenden Ausmaß Härte und Beständigkeit. Tage-, ja wochenlang fiel Schnee und begrub die Landschaft, verschüttete die Straßen und Wohnstätten, und selbst der Steinebach, der in wildem Lauf seinen Weg zum Lech nahm, machte sich nur noch durch ein ersticktes Gurgeln bemerkbar. Und wenn drunten am Bodensee bereits die Kirschbäume blühten, war in Thalend immer noch Winter, denn er dauerte hier zumeist bis in den Mai hinein.

Und die Leute von Thalend kämpften mit allen Kräften gegen den Winter. Sie pflügten Wege in die tiefe Schneedecke, schaufelten sich Bewegungsfreiheit um ihre Häuser und warfen die Last von ihren flachen Dächern. Sie suchten fertig zu werden mit der Düsterkeit der Tage und mit der Länge der Nächte und waren dankbar für jeden Sonnenstrahl, der an froststarren Tagen in ihr Tal brach.

In den verschneiten Wäldern tickten die Axtschläge und hier und dort stieg der Rauch aus den Kronen, wenn die Feuer der Holzhacker brannten.

Der Tag war schon erloschen, als Doktor Richard Falger seine Wohnstube betrat. Er kam gerade von einem Krankenbesuch heim und wunderte sich, dass die Mutter noch kein Licht gemacht hatte. Außerdem war sie nicht einmal allein. Der Förster von Mittersäß war da. Beide saßen in der Dämmerung am Tisch und unterhielten sich.

Richard Falger knipste das Licht an. »So viel Sparsamkeit finde ich doch etwas übertrieben!«, scherzte er.

Der Förster zwinkerte ihm mit geblendeten Augen entgegen. »Es hat uns so besser gefallen. Die Dunkelheit regt zum Denken an und das Denken ist nun einmal meine schwache Seite!«, lachte er.

Die beiden Männer begrüßten sich. »Es freut mich, dass du uns wieder einmal besuchst, Jonas!«, sagte der Arzt. »Geht schon ein Weg nach Mittersäß?«

»Wenn man die Schneeverwehungen nicht scheut, dann schon!«

»Schade, dass ich gerade heut keine Zeit hab.«

»Ich kann mir denken, dass du bei dem erbarmungslosen Wintereinbruch Tag und Nacht zu tun hast.«

»Ja, es sind eine Menge Leute krank. Ist der Konrad schon im Bett, Mutter?«

»Ja, er ist mir auf dem Kanapee eingeschlafen«, antwortete die Alte und wollte ihm aus dem Mantel helfen.

»Lass nur, Mutter, ich muss noch einmal fort. Der Junge vom Raunecker macht mir Sorgen. Steigendes Fieber. Vermutlich Blinddarm. Es wird noch eine Operation geben.«

»Und ich sollte dich nach Mittersäß holen!«, rief der Förster erschrocken. »Unsere Gnädige fühlt sich krank. Wahrscheinlich eine Erkältung. Sie lässt dich um deinen Besuch bitten.«

Die »Gnädige«, die der Förster meinte, war die Herrin vom Gut Mittersäß, eine noch unverheiratete, nicht mehr sehr junge Dame. Sie hatte als einziges Kind nach dem Tod der Eltern das stattliche Gut geerbt, das sogar einen eigenen Förster beschäftigte. Sie liebte es, als vermögende Herrin geachtet zu werden. In ihrer etwas derben, kräftigen Erscheinung war sie nicht gerade schön, aber auch nicht ausgesprochen hässlich. Dass sie noch keinen Mann gefunden hatte, lag an ihrer sehr wählerischen Zurückhaltung, vielleicht aber auch an einem Mangel an Gelegenheiten. Es gab in Thalend keinen ebenbürtigen Freier.

»Ich weiß, sie hat mich bereits rufen lassen. Aber ich fand bis jetzt keine Zeit«, sagte Doktor Falger. »Ist es denn schlimm mit der Erkrankung?«

»Was heißt da schlimm!«, antwortete der robuste Förster. »Sie meint, dass es schlimm ist. Aber was sagt das! Ich hab schon erlebt, dass sie einen schmerzenden Zahn für einen beginnenden Gehirntumor hielt!« Dabei brach er in ein schallendes Gelächter aus, in das auch die anderen einfielen. »Jedenfalls hat der Raunecker-Bub deine Hilfe nötiger!«

Richard Falger wollte gerade etwas entgegnen, da klingelte das Telefon. »Aha! Das wird Camilla sein. Ich hab sie beim Raunecker zurückgelassen, damit sie gleich von der Ziegelei aus anruft, wenn etwas los ist …«

Aber es war nicht Camilla Stöger, die ihm auf sein »Doktor Falger« antwortete. Sein Gesicht zeigt plötzlich Spannung und Staunen und dann ein freudiges Erschrecken. »Ist das aber eine Überraschung!«, rief er in das Telefon. »Wo bist du? – Seit wann denn schon? – Ja, die Wege hierher sind schlecht, aber wir werden schon durchkommen. – Also, in der »Krone« sitzt du? Hab doch noch ein bisschen Geduld! Ja? Bis hernach dann …«

Seine Hand zitterte, als er den Hörer einhängte. Im Zimmer war es jetzt so still wie in einer Kirche. Die

Augen der alten Frau hingen erwartungsvoll an ihrem Sohn. Der Förster schwieg rücksichtsvoll.

»Wir bekommen Besuch, Mutter!«, sagte Richard Falger. »Wen meinst du wohl? Lydia!«

»Ach!« Nun erwachte auch sie zu heftiger Lebendigkeit. Sie machte ein paar unnütze Bewegungen durch die Stube, ohne zu überlegen, was jetzt zunächst zu tun war. »Die Lydia kommt? Warum hat sie denn nicht zuvor geschrieben? Wo ist sie jetzt?«

»In Stanzach. Sie kann nicht weiter, weil der Omnibusverkehr eingestellt ist. Wir müssen sie hereinholen. Hoffentlich kommt mir jetzt nicht die Operation dazwischen!«

Und da klingelte abermals das Telefon. Richard griff nach dem Hörer. »Doktor Falger – Ja, Camilla – ja – ich komme sofort!«

Er warf den Hörer auf die Gabel. »Es kommt, wie ich befürchtet hab: Operation! Vielleicht hab ich sogar schon zu lange gezögert! Was ist denn zu tun? – Wen könnte ich denn nach Stanzach schicken? Niemand wird es gern tun bei diesem Wegen!«

»Und an mich denkst du gar nicht? He?«, ließ sich jetzt der Förster vernehmen. »Oder fürchtest du gar, ich könnte das junge Fräulein – um ein solches handelt es sich doch wohl? – mit meiner nun leider einmal angeborenen Derbheit verletzen? Ich werde mir schon etwas Mühe geben zu besserer Höflichkeit!«

»Du, Jonas? Du willst es tun?«, rief der Arzt erfreut.

»Natürlich.«

»Und deine Herrin lässt du warten?«

»Sie wartet nicht auf mich, sondern auf dich. Und sie kann warten. Ich werde nach Mittersäß zurückkehren, mir ein anständiges Schlittengefährt besorgen und losfahren. Meiner Gnädigsten werde ich klarmachen, dass ein ärztlicher Besuch aus zwingenden Gründen heut nicht mehr möglich ist. Du gibst mir ein paar wirksame Pillen mit, die nicht gerade unbedingt helfen müssen, wenigstens aber nicht schaden dürfen. Es ist doch alles ganz einfach, nicht wahr?«

»Du bist ein Prachtkerl, Jonas!«, lobte Richard Falger den biederen Förster, lief dann hinaus und brachte ein Medikament. »Deine Herrin soll von diesen Tabletten alle zwei Stunden einnehmen. Sie wird sich daraufhin bald besser fühlen und auf alle Fälle prächtig schlafen.«

Der Förster grinste und steckte das Zeug zu sich.

»Du willst dich also tatsächlich um meine Schwägerin kümmern? In Stanzach wartet sie, in der ›Krone‹.«

»Wir werden gut hier ankommen. Sei ohne Sorge!«

»Ich danke dir!«

5

Es war eine einfache, bäuerliche Wirtsstube, großräumig, mit kleinen Fenstern tief im dicken Gemäuer, in der Lydia Jordan auf die Abholung wartete. Eis und aufgetürmter Schnee schauten zu den Fenstern herein. Trüb und düster erlosch draußen der Tag.

Aber es war schön warm in der Stube. In dem großen, dickbäuchigen Kachelofen krachte ein Feuer. Die Wände waren mit Holz verkleidet, an dem Geweihe und Schützenscheiben aufgehängt waren. Am Boden zerrann der Schnee, den die von draußen kommenden Gäste hereingetragen hatten. Unter der Decke kroch Pfeifenrauch entlang; denn an einem Tisch saßen einige Männer beisammen, rauchten und redeten in ihrem herben Dialekt. Um diese Abendstunde, zumal im Winter, rührte sich nicht recht viel in den Wirtshäusern und der Wirt schaute gelangweilt und schläfrig hinter dem Schanktisch hervor. Er lauschte auf die Gespräche, warf selbst auch einmal ein Wort dazwischen und kümmerte sich um die leeren Krüge. Ein paar Bauern und Holzknechte, ein Omnibusfahrer und der Postbote, das waren die täglichen Gäste, die sich hier auf ein paar Stunden zusammenfanden.

Manchmal schauten sie neugierig hinüber zum Nachbartisch, wo einsam, das Gesicht unentwegt dem Fenster zugewandt, ein städtisch gekleidetes Frauenzimmer saß.

Lydia Jordan hatte sich ein warmes Getränk bereiten lassen und blätterte geistesabwesend in einer Zeitung. Sie achtete nicht auf die Gespräche der Männer und schrak nur bisweilen zusammen, wenn die Runde in schallendes Gelächter ausbrach. Sie schaute hinaus in den Winter und sah die Nacht kommen, die mit ihrem Frost die Scheiben trübte. Sie überlegte, wie viel Zeit nun schon vergangen war, seit sie von der Poststelle aus mit Thalend telefoniert hatte. Sie wollte fort aus der verrauchten Wirtsstube, in der sie sich wie eine Gefangene vorkam.

Als sie meinte, es sei so viel Zeit vergangen, dass jeden Augenblick ein Gefährt ankommen konnte, um sie abzuholen, blickte sie angespannt immer wieder zum

Fenster hinaus. Aber es rührte sich lange nichts draußen. So eilig hatte es Richard Falger wohl nicht. Er war nicht der Mann, der sich vor lauter Zuvorkommenheit überrannte. Vielleicht freute er sich gar nicht über ihren Besuch. Er war eben ein Stoffel, der keine höfliche Verpflichtung kannte …

Es konnte aber auch sein, dass in der Verengung des Tales die Wege zugeschneit und verweht waren. Jedenfalls hatte der Omnibus die Fahrt hier beendigt. Sie musste also Mut behalten und Geduld haben.

Als sich später aber die Runde der Zecher am Nebentisch zu lichten begann, weil der eine und andere nun den Heimweg antrat, überkam sie ein Gefühl trostloser Verlassenheit. Sie hätte aufweinen mögen vor Einsamkeit und Zorn, vor Zorn über sich selbst, weil sie sich von einer solchen Unüberlegtheit hatte hinreißen lassen, nur weil sie sich im Gewirr der Gedanken nicht mehr zurechtfand.

Sie wollte schon den Wirt herbeirufen, um das Quartier für die Nacht zu bestellen, als plötzlich das Bimmeln von Glöckchen zu hören war. Ein Schlitten war vorgefahren und sie schaute nun hin auf die Tür. Sie erwartete die robuste, große Gestalt Richard Falgers zu erblicken.

Die Tür ging auch alsbald auf und es war auch eine große, robuste Gestalt, die eintrat, aber es war nicht Richard Falger, sondern ein Fremder. Sie war so enttäuscht, dass sie den Mann nicht mehr weiter beachtete. Sie sah nur, dass sein Gesicht tief in einem Pelzkragen steckte und dass auf seinem Bart und auf den Brauen der Reif hing.

Dann schaute sie überrascht auf. Der Fremde stand vor ihr.

»Frau Jordan?«, fragte er.

»Ja«, antwortete sie bestürzt.

»Ich bin der Förster von Mittersäß. Ihr Schwager schickt mich, um Sie nach Thalend zu bringen.«

Nun stand sie auf. »Ach! Er hat Sie geschickt? Warum kommt er nicht selbst?«

»Es kam eine dringende Operation dazwischen. So ein Doktor hat bei uns Pflichten ohne Ende.«

Sie kleidete sich an. Er half ihr in den Mantel.

Sie fühlte sich niedergeschlagen. Das mit der Operation hielt sie für eine Ausrede. Richard Falger wollte sie ganz einfach deshalb nicht abholen, weil er fürchtete, sie könnte auf dem nächtlichen, winterlichen Weg den Mut verlieren. Und darum hätte er sich veranlasst gesehen Rücksichten zu nehmen. Und das scheute er. Er schickt also lieber einen anderen Mann, der vielleicht etwas mehr Geduld und Verständnis für eventuell auftretende Schwächen zeigte. Aber wenn er glaubte, der Winter von Thalend könnte ihre Kraft brechen, dann sollte er sich getäuscht haben! In ihr erwachte plötzlich der Trotz: Einmal würde es schon Gelegenheit geben ihm zu zeigen, dass sie nicht das zerbrechliche, verwöhnte Küken war, für das er sie hielt!

Sie rief den Wirt herbei und bezahlte ihre Rechnung. Dann folgte sie dem Mann hinaus in die Nacht.

Es war ein niedriger Bodenschlitten, so wie er hierorts verwendet wurde. Zwei Pferde waren vorgespannt, die durch Scharren und Schnauben ihre Ungeduld bekundeten. Gleich weißen Fahnen wehte ihnen der Atem aus den Nüstern.

Der Mann half ihr beim Aufsteigen und hüllte sie dann in eine ganze Menge Decken ein. Er hatte sich darauf musterhaft eingerichtet.

»Sie nehmen mir ja jede Möglichkeit die Glieder zu bewegen!«, jammerte sie.

»Das hat mir die Falger-Mutter alles mitgegeben. Sie hat mir ans Herz gelegt Sie einzubetten wie ein Kind. Und das ist nun geschehen.«

»Ich bin aber doch kein Kind!« Jetzt musste sie doch lachen.

»In einem Winter, wie er gerade bei uns herrscht, sind wir alle Kinder! Alle hängen wir uns an die Hoffnung wie Kinder an den Rock der Mutter, damit sie uns hinüberbringe in die bessere Hälfte unseres Jahres.« Er schob jetzt seine Hände in dicke Pelzfäustlinge, setzte sich neben Lydia und ergriff die Zügel. »Dann wollen wir's halt in Gottes Namen versuchen! Hü!«

Die Pferde zogen an. Der Schlitten rauschte über den Schnee. Silberhell bimmelten die Glöckchen an den Halftern der Pferde. Das Lämpchen in der schaukelnden Laterne zuckte und wand sich. Eiskalte Luft schlug ihnen entgegen.

Solange sie in der Spur des Schneepfluges fuhren, kamen sie schnell voran. Aber als sie das Dorf verlassen hatten, hörte die gepflügte Bahn plötzlich auf. Jetzt tauchten nur noch einzelne Schneezeichen zu rechter und linker Hand auf, die den Weg markierten. Am Himmel funkelten die Sterne. Es war eine ruhige, klare Frostnacht. Tiefe Stille umgab sie. Später hörten sie von den bewaldeten Höhen herab ein böses, heiseres Gebell, das so schauerlich klang, dass Lydia erschrocken den Kopf hob.

»Füchse«, erklärte ihr Begleiter. »Sie meutern gegen die Ungnade der Natur.«

Der Weg führte hinein in die schwarze Verengung des Tales. Jetzt erwies es sich, wie vorteilhaft der lächerlich niedrige Schlitten gebaut war. Selbst in gefährlichen Neigungen stürzte er nicht um, wenn sie auch bisweilen hart gegeneinander geworfen wurden.

»Dass Sie sich ausgerechnet die elende Winterzeit für Ihren Besuch in Thalend ausgesucht haben?«, unterbrach er nach einer Weile die Stille.

Sie war über seine Stimme geradezu erschrocken; hatte sie doch eben in den frostklaren Himmel geschaut, der mit ein paar hell flimmernden Sternen aus dem engen Spalt zweier mächtiger, eng zusammengerückter Berge auf sie niederschaute. Sie dachte an alles, was sie in München zurückgelassen hatte, an Otto Lenz, an die glücklichen Stunden, die sie mit ihm verbrachte bei der Arbeit und bei abendlichen Vergnügungen. Sie überlegte, wie wunderlich und unbegreiflich es war, dass sie jetzt auf einem einsamen Weg durch die Winternacht einem weltverlorenen Dorf entgegenfuhr.

»Ich weiß es selbst nicht«, antwortete sie. »Es kam ganz plötzlich.«

Das verstand er wohl nicht. Sie merkte, wie er ihr sein Gesicht zuwandte und sie lange ansah. »Wie lange wollen Sie bleiben?«

»Nur einige Tage.«

Er schüttelte ungläubig den Kopf. »Das möchte ich sehr bezweifeln. Es wird Ihnen nicht anders ergehen wie mir. Als ich nach Thalend kam, dachte ich auch so: vielleicht nur einige Tage. Ich wollte auf Gut Mittersäß nur schnell eine verzweifelte Situation überbrücken.

Der Krieg hatte mich aus aller Ordnung geworfen. Ich war damals froh um jede Hand, die sich mir entgegenstreckte. Lieber vorübergehend Förster auf Mittersäß sein als untätig zuzuwarten, bis alle Försterstellen besetzt waren. So dachte ich mir damals. Heute aber weiß ich, dass ich in Thalend bleiben werde, solange ich meinen Dienst tun kann. Es müsste nur sein, dass meine Herrin mich eines Tages zum Teufel jagt!«

»Ist so etwas zu befürchten?«

»Man kann nie wissen. Frauen haben komische Launen, besonders wenn sie in unverheiratetem Zustand dem Mittelalter zuschreiten.«

»Ach, die Herrin von Mittersäß ist allein stehend?«

»Ja, sie ist – gelinde gesagt – eine alte Jungfer!«

»Sagen sie das nicht ein bisschen zu grob?«, lachte sie.

»Grob? Es ist nur meine Kriegssprache. Ich führe mit meiner Herrin einen ständigen Krieg, müssen sie wissen. Aber ich glaub, wir könnten beide nicht mehr ohne ihn leben. Er ist uns zur Natur geworden. Kurz, ich sage Ihnen, Sie werden Thalend nicht mehr verlassen, wenigstens nicht freiwillig!«

»Da muss ich widersprechen!«

»Heut noch. Später werden Sie mir Recht geben. Ihre Schwester hat das Tal sehr geliebt. Sie sehen ihr äußerlich sehr ähnlich. Warum sollten Sie nicht auch empfinden wie sie?«

»Haben Sie meine Schwester gekannt?«

»Sehr gut sogar. Richard Falger ist mein Freund. Niemand weiß besser als ich, was er an seiner Frau verloren hat. Er hat sie sehr geliebt. Es war eine Liebe über den Tod hinaus!«

Sie schwiegen jetzt, denn eben hatte sich der Schlitten tief zur Seite geneigt. Sie waren in eine Schneewehe geraten. Die Pferde scheuten und warfen das Gefährt hin und her. Aber der Mann blieb Herr der Lage. Während er mit der einen Hand die Pferde zügelte und in seine Gewalt brachte, versuchte er mit der anderen seine Begleiterin vor dem Fall zu schützen. Dabei verlor er kein Wort, keinen Fluch, wie es seine grobe Art erwarten ließ.

Als die Gefahr vorüber war, schaute er sie ein wenig bekümmert aus seinen fast kindlichen Augen an. »Warum schweigen Sie jetzt, Frau Jordan? – Ich habe Ihnen hoffentlich nicht das Herz schwer gemacht!«

Der Mann wurde ihr von Minute zu Minute sympathischer. Sie fühlte, dass hinter seiner rauen Art ein herzensgutes Wesen stak. »Sagen Sie Lydia zu mir, Herr Förster!«, bat sie plötzlich. »Von guten Freunden höre ich das lieber!«

Er freute sich darüber. »Aber nur unter der einen Bedingung, dass sie Jonas zu mir sagen. So heiße ich nämlich und so nennt mich auch Ihr Schwager. Sie dürfen mich sogar einen Esel heißen. Denn das bin ich!«

Er lachte dazu dröhnend und sie musste herzhaft mitlachen. Auf einmal hatte sie das Gefühl, als hätte sie in diesem Förster für die Einsamkeit von Thalend einen guten Freund gefunden, einen getreuen Ekkehard für schlimme Tage.

Nach gefährlicher Fahrt durch weitere tiefe Schneeverwehungen kamen sie endlich wohlbehalten in Thalend an.

Die Falger-Mutter weinte vor Freude, als sie das

Mädchen in die Arme schloss. Sie war immer mit besonderer Liebe an der jungen Schwester ihrer Schwiegertochter gehangen. Vielleicht, weil sie sich immer große Sorgen um das regsame, begabte und stolze Menschenkind machte, das so jung und unerfahren in der Fremde stand.

»Ich dank dir, dass du gekommen bist!«, sagte sie immer wieder und führte sie hinauf in die warme, freundliche Stube.

Lydia war gerührt über so viel Liebe und Güte. Sie sah, dass die sympathische Frau älter geworden war. Vielleicht war es das ihr fremde Leben im Doktorhaus, an das sie sich nur schwer gewöhnen konnte. »Der Konrad ist wohl schon im Bett?«, fragte sie, als sie auf dem Tischchen in der Ecke das verlassene Spielzeug herumliegen sah.

Die Alte nickte und wollte dem Gast aus den Oberkleidern helfen. Aber Lydia drückte sie sanft in einen bequemen Stuhl am Ofen. »Nein, Mutter, du sollst nichts für mich tun! Ich finde mich schon noch zurecht in diesem Haus. Ich bin gekommen, um dir zu helfen. Wenn du erlaubst, dann werde ich jetzt einen Tee bereiten. Du trinkst doch eine Tasse mit?«

Die Alte schaute voll Zufriedenheit auf das lebhafte Mädchen. »Es wird jetzt schön werden bei uns!«, sagte sie. »Im vorjährigen Winter war es sehr einsam um mich. Richard ist den ganzen Tag fort. Oft wird er sogar in der Nacht weggeholt. Im Augenblick hat er eine Operation. Ein Junge ist plötzlich sehr krank geworden.«

»Dann kann ich ihm wohl gar nicht sagen, dass ich gut angekommen bin?«

»Er hat bereits zweimal nach dir gefragt.«

Lydia ging zum Telefon und rief ihn in der Praxis an. Aber erst nach einer Weile meldete sich eine Frauenstimme.

»Kann ich Doktor Falger sprechen?«, fragte Lydia.

»Im Augenblick nicht. Kann ich etwas bestellen?«

»Nein, danke. Ich komme später selbst zu ihm!«

»Wer ist denn die Frau?«, fragte Lydia die Mutter, als sie den Hörer aufgelegt hatte.

»Camilla Stöger, seine Helferin. Sie ist vor ein paar Jahren als Patientin zu ihm gekommen und ist ausgebildete Röntgenlaborantin. Nun ist sie seine Arzthilfe geworden. Sie vertragen sich gut, denn Camilla ist tüchtig und geschickt.«

In diesem Augenblick betrat der Förster von Mittersäß die Stube. Er hatte seine Pferde abgedeckt, schlüpfte jetzt aus dem schweren Mantel und warf ihn über eine Stuhllehne. Daran war zu erkennen, dass er im Doktorhaus so viel wie daheim war.

»Sie trinken doch auch noch eine Tasse Tee mit uns, Herr Förster?«, lud Lydia den biederen Mann ein.

Dieser schaute sie ganz empört an. »Erstens möchte ich Sie daran erinnern, dass mein Name Jonas ist – und zweitens bietet man einem Mann wie mir keinen Tee an, Lydia. Sie müssen noch einiges lernen hier! Zu einem Schnaps sage ich nicht nein!«

Lydia lief lachend in die Küche und bereitete eifrig die Getränke. Es war hier alles noch so wie damals, als ihre Schwester noch Frau des Hauses gewesen war. Gerade die Dinge, die im Besonderen an sie erinnerten, waren alle noch da und an den alten Plätzen zu finden. Es waren kleine Andenken, die Martha einmal von der

Mutter in ihren neuen Haushalt übernommen hatte. Bis jetzt hatte niemand gewagt sie zu entfernen.

Der Förster bekam seinen Schnaps und die Frauen tranken Tee.

Nachdem der Förster gegangen war, suchte Lydia das Zimmer auf, das für sie bereitgemacht worden war. Dort brachte sie ihre Sachen unter und kleidete sich um. Sie schaute durch das Fenster in die klare Winternacht hinaus, hinab auf die dunklen Häuser, hinauf zu den mächtigen Bergen.

Später ging sie in die Praxisräume hinunter und staunte über den gewaltigen Umbau, der hier seit ihrem letzten Aufenthalt in Thalend vor ein paar Jahren vorgenommen worden war. Sie hatte das Gefühl ein kleines Krankenhaus zu betreten. Tür war an Tür.

Sie fand sich nicht zurecht und musste zum Eingang zurückkehren, wo sie auf einen Klingelknopf drückte. Darauf erschien eine junge Frau in weißer Schürze und mit einem Schwesternhäubchen. Das Gesicht war hager, aber nicht unschön. Die Züge verrieten Klugheit und Erfahrung, die dunklen Augen blickten seltsam ernst und zurückhaltend.

»Frau Stöger?«, fragte Lydia.

»Ja.«

»Ich wollte vorhin Doktor Falger anläuten. Ist er jetzt schon zu sprechen? Ich bin seine Schwägerin, Lydia Jordan«, stellte sie sich vor.

»Ach!« Die Augen der Krankenschwester wurden größer und blitzten seltsam auf. »Entschuldigen Sie! Ich wusste nicht, dass Doktor Falger Besuch erwartet. Bitte, kommen Sie!«

Lydia folgte ihr. Sie wurde in einen kleinen Raum geführt, in dem nur ein runder Tisch und ein paar gewöhnliche Stühle standen. Es war offenbar das Wartezimmer. Auf einem der Stühle saß ein älterer Mann, der bei ihrem Eintritt kurz aufschaute und sich dann wieder schwer und sorgenvoll mit den Ellenbogen auf die Knie stützte.

»Wollen Sie einen Augenblick hier warten, Frau Jordan?«, sagte die Krankenschwester. »Ich werde Herrn Doktor sofort verständigen.«

»Weiß er, dass ich schon hier bin?«

»Nein, ich konnte ja nicht wissen, wer ihn sprechen wollte!«

Lydia nickte und Camilla ging lautlos davon.

Lydia setzte sich auf einen Stuhl und wartete gehorsam. Nebenbei betrachtete sie unauffällig den schweigsamen Mann in seiner gebeugten Haltung. Seiner Kleidung und dem Aussehen nach war er ein Ortsansässiger, ein Bauersmann vom Dorf oder vom Mangboden. Der struppige Bart ließ ihn wohl älter erscheinen, als er war. Er nahm keinerlei Notiz von ihr und schien mit sorgenvollen Gedanken beschäftigt zu sein.

Es verging so eine lange Weile, bis sich plötzlich die Tür auftat. Richard Falger stand in seinem weißen Kittel im Zimmer. Sie wollte sich erheben, denn sein Blick verriet Freude und Zufriedenheit, als er ihr grüßend zunickte.

»Einen Augenblick!«, bat er, ging an ihr vorbei auf den Bauern zu, der ihm mit ängstlich gespanntem Blick entgegenschaute. »Gehen Sie jetzt heim, Raunecker!«, hörte sie ihn nun mit ruhiger, gütiger Stimme sagen. »Ich glaube, dass der Junge es schaffen wird! Wir werden schon sehr Acht geben auf ihn!«

Der Mann griff nach der Hand des Arztes und konnte im Augenblick nicht sprechen vor Erschütterung.

Richard Falger klopfte ihm begütigend auf die Schulter. »Haben Sie Vertrauen, Raunecker! Sie werden Ihren Buben wiederbekommen!«

»Ich dank dir halt, Doktor!«, sagte der Bauer schwerfällig. »Du weißt ja, es ist unser einziger!«

Richard Falger begleitete den Mann zur Tür, der jetzt von neuer Hoffnung beseelt den nächtlichen Heimweg antrat.

Lydia war von der kleinen Szene seltsam beeindruckt. Eben noch wollte sie das Verhalten des Arztes verurteilen. Sie hatte es unverzeihlich gefunden, dass er sie einfach stehen ließ und sich dem Bauersmann zuwandte, als ob sie nicht mehr als irgendeine Patientin wäre, die warten konnte, bis sie dran war. Aber dann hatte sie gesehen, mit welchen Ängsten der Mann auf die Befreiung aus tausend Zweifeln gewartet hatte. Es ging hier offenbar um das Leben eines jungen Menschen. Und sie hatte drüben in Stanzach und auch noch später auf ihrer Fahrt nach Thalend die Unabkömmlichkeit des Schwagers angezweifelt!

Jetzt kam Richard Falger mit weiten Schritten auf sie zu. »Entschuldige, dass ich dich so vernachlässigen musste! Es ging wirklich nicht anders. Ich freue mich, dass du gut angekommen bist!«

Sie war ein wenig verlegen. Die Gedanken, mit denen sie sich eben noch beschäftigt hatte, hinterließen in ihr eine Art Schuldbewusstsein. Sie hatte ihm diesmal sehr Unrecht getan. »Es bestand wohl ernste Lebensgefahr für den Jungen?«, fragte sie.

Er nickte. »Sie besteht eigentlich noch, vielleicht

nicht mehr in dem Maß wie vor einer Stunde. Blinddarmentzündung mit Komplikationen. Die Leute haben zu lange gewartet, wie das so ist. Aber, bitte komm jetzt! Hier ist nicht der Platz, wo wir uns aussprechen wollen!«

Er führte sie in sein Ordinationszimmer. Auf dem Weg dorthin fragte er sie, ob sie wohl gut durch den tiefen Schnee von Stanzach herübergekommen sei.

»Im Schutz und in der Begleitung des Försters von Mittersäß konnte es ja nicht schief gehen!«, antwortete sie heiter.

»Der Jonas! Hoffentlich hast du dich an seinem groben Wesen nicht gestoßen. Er meint es nicht so und ist der beste Mensch vom ganzen Land!«

»Er war sogar sehr ritterlich. Wir sind bereits gute Freunde geworden.«

»Das freut mich aber!«

Im Ordinationszimmer begegnete ihnen Camilla.

Die Krankenschwester nickte lächelnd, aber in ihren dunklen Augen war immer noch der eigentümliche Glanz, der etwas wie eine verborgene, leidenschaftliche Ablehnung verriet.

Falger erteilte seiner Helferin eine Reihe von Anweisungen für die Nacht, machte sie auf mögliche Symptome bei dem jungen Patienten aufmerksam, auf die sie besonders achten solle. »Wenn irgendetwas sein sollte, rufen Sie mich gleich, Camilla!«

Dann gingen sie hinauf in die Wohnung. Er führte sie jetzt in ein kleines Zimmer, wo Konrad in seinem Bett lag. Eine Weile standen sie schweigend davor und betrachteten den kleinen Schläfer.

»Er wird sich sehr freuen, wenn er morgen erwacht!«, flüsterte er ihr zu. »Ich hab ihm von dir erzählt und er hat oft nach dir gefragt!«

Sie sahen sich stumm an.

Darauf gingen sie in die Wohnstube, aßen gemeinsam zur Nacht, erzählten und kramten in den Erinnerungen – und auf einmal wurde Lydia von einer großen Müdigkeit befallen. Die Strapazen der Reise hatten ihre Kräfte erschöpft.

Sie empfand es beglückend, dass das Zimmer, in dem sie schlafen sollte, angenehm geheizt war. In der Ecke stand ein niedriger Kachelofen, der Wärme und Behaglichkeit ausströmte. Sie konnte also, wenn sie einmal allein sein wollte, auf ihr Zimmer flüchten, lesen, nachdenken, Briefe schreiben. Ob hier überhaupt jeden Tag die Post zugestellt wurde?

Sie ordnete die Dinge in dem Zimmer so, wie sie es haben wollte, richtete sich häuslich ein und legte sich dann nieder. Aber sie konnte lange nicht einschlafen. Die Stille des Hauses, die wunderliche und geradezu unbeschreibliche Versunkenheit der Welt vor ihren Fenstern war unheimlich. Eine solche Ruhe war sie nicht mehr gewöhnt und sie meinte Stimmen oder das Geräusch von Kraftwagen oder das Läuten einer Straßenbahn hören zu müssen.

Sie stand ein paar Mal auf und ging zum Fenster. Dann sah sie die Lichtstreifen, die irgendwo vom Haus hinaus in die Nacht leuchteten. Einer davon fiel grell aus dem Arbeitszimmer Richard Falgers hinab auf den Schnee. Da wusste sie, dass er immer noch wachte und darauf wartete, von seiner Helferin gerufen zu werden, die jetzt wohl am Bett des schwer kranken Jungen saß.

Der Himmel war von Sternen übersät. Das Tal lag in winterlicher Nachtstille. Nun war sie also wirklich in Thalend, in diesem Tal ohne Gnade! Es trennte sie jetzt nicht nur eine unvorstellbar weite und mühevolle Strecke von jener anderen Welt, sondern es lag auch ein Meer von Schnee dazwischen und ein in seiner vollen Kraft herrschender Winter.

Sie dachte an die Menschen, die heute irgendwie Gewalt über sie bekommen hatten, an Richard Falger, an den Förster Jonas, an Camilla. Sie waren Geschöpfe, wie sie nur diese Landschaft mit ihrer Härte und Wucht, mit ihrer Ungnade und Einsamkeit formen konnte. Sie verglich sie mit Otto Lenz, dem feinen, gewandten Wissenschaftler, in seiner ganzen liebenswürdigen Art, und Sehnsucht ergriff sie. Sie wusste, dass er der einzige Mensch war, der ihrer in Liebe und Sorge gedachte. Weshalb war sie vor ihm geflohen? Wollte sie durch diese freiwillige Trennung von ihm die wirkliche Größe ihrer Liebe erfahren? Oder wollte sie durch die Unrast, in die sie ihn und sich selbst gestürzt hatte, die Unzerstörbarkeit ihrer Liebe erproben? Hier im eingeschneiten Thalend! Unter Menschen, die ganz anders geartet waren, anders dachten, anders fühlten!

Und da setzte sie sich an den Tisch und schrieb an den geliebten Mann einen Brief. Sie hatte auf einmal das Bedürfnis ihm ihre Gedanken und Gefühle mitzuteilen. Sie fand ergreifende Worte, er sollte wissen, wie sehr sie sich nach ihm und seiner Gesellschaft sehnte …

Als sie eben den Brief in den Umschlag steckte, ging im Haus eine Tür. Das Licht im Arbeitszimmer Richards war erloschen. Sie horchte hinaus auf den Gang und hörte jetzt seinen Schritt auf der Stiege. Ging er fort? Was war geschehen? Hatte ihn vielleicht die Krankenschwester gerufen?

Noch einmal hörte sie eine Tür gehen und dann war wieder die tiefe, erdrückende Stille.

Am folgenden Morgen, noch ehe im Haus etwas zu hören war, erwachte Lydia aus wirren Träumen. Sie musste sich erst besinnen, wo sie sich befand. Es kam ihr alles so unwirklich vor, so unbegreiflich. Nein, sie hatte es nicht nur geträumt, sie war tatsächlich in Thalend, im alten Doktorhaus, eingeschlossen von einem harten, erbarmungslosen Winter, fern von der großen Welt.

Sie stand auf und öffnete das Fenster einen Spalt breit. Eiskalte Luft strömte herein und ließ sie erschauern. Es war noch dunkel und über dem Dorf lag die Stille der Nacht. Nur ganz kleine einzelne Lichter verrieten, dass die Menschen zum neuen Tagwerk aufbrachen.

Sie kleidete sich an und begab sich in die Wohnung. Und als hätte sie auf einmal ein wunderlicher Sinn für diese fremde und doch so heimische Häuslichkeit überkommen, band sie eine Schürze um und begann zu arbeiten. Sie lüftete die Zimmer, schürte die Öfen an und machte überall Ordnung.

Auf dem Tisch im Arbeitszimmer lag eine aufgeschlagene Zeitung und daneben stand ein leeres Glas.

Richard Falger hatte wohl fast die ganze Nacht hindurch gewacht.

Sie räumte den Tisch ab, legte eine frische Decke darüber und ging in die Küche, um das Frühstück zu bereiten.

Die Falger-Mutter sollte gleich am ersten Tag sehen, dass sie nicht mehr allein war bei der Arbeit, denn Lydia war nicht als müßiger Gast in dieses Haus gekommen, sondern wollte Hilfe und Stütze sein.

Als wenig später die alte Frau erschien und alles bereits getan fand, wollte sie zuerst dagegen protestieren, aber das Mädchen sagte: »Wozu meinst du, dass ich gekommen bin? Du sollst dich jetzt erholen, Mutter! Es genügt, wenn du mir ein wenig auf die Finger schaust; denn ich fürchte, dass ich mich am Anfang ungeschickt anstellen werde!«

Die Alte war glücklich. »Ich wollte nur, dass du hier bist, dass du mir über die bösen Wintertage hinweghilfst! Richard freut sich ja auch sehr! Hast du es bemerkt?«

»Glaubst du? Ich fürchte, seine Arbeit lässt ihm wenig Zeit für solche privaten Gedanken. Ich hab spät in der Nacht noch seinen Schritt auf der Stiege gehört!«

»Daran musst du dich gewöhnen. Er wird häufig in der Nacht weggeholt.«

Kaum fiel das erste Licht des neuen Tages in die Stube, war auch Richard Falger auf. Als Lydia in die Wohnstube kam, saß er beim Frühstück. Er schien gut aufgelegt zu sein. Nichts in seinem Gesicht verriet, dass er um einen großen Teil seiner Nachtruhe gekommen war. Gesund und kräftig saß er da und lachte ihr entgegen.

»Gut geschlafen?«

»Prima!«, log sie von seiner Heiterkeit angenehm berührt.

Sie setzten sich an den Frühstückstisch.

»Wie geht es deinem jungen Patienten?«, fragte sie.

»Ich bin zufrieden.«

»Ist es während der Nacht noch einmal zu einer Krisis gekommen? Ich hab dich spät noch über die Stiege laufen hören«

»Sieh mal an! Warum lügst du?«, scherzte er. »Wenn du so prima geschlafen hättest, wie du sagst, dann hättest du mich gewiss nicht gehört, Lydia! Ich bin mit Bedacht sehr leise gegangen!«

Sie errötete ein wenig. »Das erste Mal schläft man nicht so tief in einem fremden Bett, nicht wahr?«

»Du hast Recht. Es ist tatsächlich noch einmal zu einer Komplikation gekommen. Aber meine Helferin hat mich rechtzeitig verständigt.«

»Was ist daraus geworden?«

»Es ist noch einmal gut gegangen. Ich hoffe, dass wir nun über die Gefahr hinweg sind!«

Sie wunderte sich über seine Ruhe und über seinen Glauben an das bessere Schicksal. Er war ein ungewöhnlicher Mensch.

Nach dem Frühstück machte er sich sogleich fertig.

»Kommt zur Zeit Post nach Thalend?«, fragte sie ihn.

»Du erwartest Post? Natürlich kommt sie, vielleicht mit etwas Verspätung.«

»Ich möchte einen Brief wegschicken.«

»Auch das ist möglich. Der Briefkasten hängt am Gemeindehaus. Er wird jeweils gegen Mittag geleert.«

Er sprach jetzt sehr sachlich und in seiner Stimme schwang ein Unterton mit, der sie aufhorchen ließ. Sie erwartete, dass er nun eine Frage an sie richten würde. Aber er schwieg.

»Danke!«, sagte sie. »Darf ich dich heut einmal in der Praxis besuchen?«

»Jederzeit. Am besten freilich erst gegen Mittag, dann kann ich dir alles zeigen. Ich freue mich sehr darauf!«

Da brachte die Mutter den kleinen Konrad herein, der mit verschlafenem Gesicht verwundert auf den Gast schaute. Seine Augen wurden langsam größer und sein Gesichtchen fing zu leuchten an.

»Mutti!«, schrie er plötzlich und lief Lydia in die Arme. Sie hatte eine Schürze um, die Martha bei der Hausarbeit getragen hatte. Auch hatte sie viel Ähnlichkeit mit ihrer toten Schwester, so dass das Kind sich im ersten Augenblick davon irritieren ließ.

Lydia nahm den Knaben an sich und herzte ihn.

»Es ist nicht die Mutti, sondern deine Tante Lydia!«, wollte die Alte Konrad aufklären.

»Doch, jetzt im Augenblick bin ich deine Mutter!«, sagte Lydia, als der Knabe enttäuscht nach ihrem Gesicht blickte. »Freust du dich, dass ich gekommen bin?«

Der Kleine nickte.

»Hast du mich ein wenig gern, Konrad?«

Wieder nickte der Knabe und drückte sich immer enger an sie.

Richard Falger aber sah mit todernstem Gesicht zu – und dann verließ er die Stube.

Es zeigte sich, dass Lydia die Gesellschaft des Kindes sehr nötig hatte. Ihr Leben wäre ihr sonst grenzenlos leer und öde erschienen. Das Haus war so still, die Welt draußen so taub und verschüttet, dass man nicht wusste, wie man die Tage herumbringen sollte.

Aber so hatte sie immer das Geplauder des Knaben um sich, sie spielte mit ihm, während die Falger-Mutter, die Brille vor den Augen, sich mit Nähen und Stricken beschäftigte, denn die Hausarbeit war bald getan.

Oft lenkte Lydia ihre Blicke auf die Fenster hin, an

denen die Eisblumen tauten in der Wärme des Ofens. Sie schaute hinaus auf die wuchtigen Berge, die in der Sonne wie Kristall glänzten, auf die Häuser unter der erdrückenden Last des Schnees.

»Camilla ist wohl eine sehr tüchtige Krankenschwester?«, fragte sie einmal nach längerem Nachdenken.

»Ja, das ist sie«, antwortete die Mutter. »Richard sagt oft: Sie ist geschickt wie ein Arzt und trotzdem unglaublich bescheiden. Sie hat mir auch oft freiwillig im Haus geholfen, bei der Wäsche oder beim Putzen, wenn nicht gerade stationäre Kranke zu betreuen waren.«

Lydia schwieg wieder und beschäftigte sich mit dem Knaben.

Später ging sie hinab in den Keller und holte Holz für die Öfen und den Herd. Überall traf sie auf Ordnung und große Sauberkeit. Es roch nach Harz und Wald. Sie fühlte auf einmal etwas von alter Vertrautheit. Man konnte sich daran wieder gewöhnen, auch wenn man jahrelang in einer Stadt gelebt hatte. Es bedeutete für Lydia Heimat, Frohsinn, Jugend. Tausend Erinnerungen wurden dabei wach und tief im Herzen regte sich der Schmerz über das Verlorene.

Konrad, der sie durch das Haus begleitete, wunderte sich, dass sie plötzlich so schweigsam und ernst wurde.

Gegen Mittag kleidete sie sich warm an, hüllte sich in eine weiße, flaumige Jacke und setzte eine Mütze auf, die ihr bis über die Ohren reichte. In dieser Verkleidung sah sie aus wie ein Schneemann, aber es stand ihr vortrefflich und sie war gegen die beißende Kälte geschützt.

Sie suchte das Gemeindehaus und den Briefkasten, warf ihren Brief ein und wanderte dann durch den Winter, bis sie an allen Gliedern fror. Sie begegnete nur wenigen Menschen, die sie alle ein wenig verwundert anschauten, aber recht freundlich grüßten.

Dann kehrte sie zurück zum Doktorhaus und klopfte im Neubau an Richards Praxis an. Er war entzückt, als er sie in ihrem weißen Wollzeug und mit gerötetem Gesicht plötzlich vor sich sah. »Es ist nett, wenn ein solcher Schneemann ins Haus kommt!«, lachte er. »Willst du ein paar Minuten auf mich warten? Ich bin leider noch nicht ganz fertig. Es war heut wieder einmal sehr viel los!«

Er führte sie nicht in den Warteraum, sondern in sein privates Zimmer, in dem er sich aufhielt, wenn er schnell ein paar Minuten Ruhe brauchte. Darum war es auch wohnlich eingerichtet. Es waren einige bequeme Sessel da, ein kleiner Schrank mit Büchern, und sogar ein paar immergrüne Topfpflanzen ragten am Fenster auf. An der Wand hing ein großes Kruzifix.

»Mache es dir hier inzwischen bequem«, sagte er. Camilla wird dich etwas unterhalten. Ich bin bald fertig!«

Die Krankenschwester, die gerade einige welke Blätter von den Topfpflanzen gezupft hatte, wischte die Hände an einem Tuch ab und kam heran, um sie zu begrüßen. Sie war ganz weiß gekleidet. Vielleicht hatte es wieder eine Operation gegeben.

»Wollen Sie nicht ablegen?«, fragte sie.

»Nein, danke! Es wird ja nicht lange dauern.«

»Dann nehmen Sie bitte Platz!« Ihre Stimme klang fast männlich resolut.

Lydia setzte sich in einen der Sessel. Camilla beschäftigte sich noch mit herumliegenden Dingen, dann setzte sie sich an den Tisch und begann mit Eintragungen in ein Buch. »Entschuldigen Sie«, sagte sie. »Wenn man diese Dinge nicht gleich tut, werden sie gern vergessen.« Sie schrieb eine Weile, und als sie damit fertig war, wandte sie ihren Blick wieder dem Gast zu; dabei schienen sich ihre Gedanken mit der etwas auffälligen Kleidung zu beschäftigen und Lydia schien es, als ob die Miene der Arzthelferin merklich kühler würde. »Hoffentlich haben Sie die erste Nacht in Thalend gut geschlafen?«, fragte sie plötzlich.

»Doch, danke! Die lange Reise hatte mich ermüdet.«

»Sie kamen von München? Das ist ein weiter und zur Zeit beschwerlicher Weg. Ich fürchte, Sie werden sich sehr langweilen in Thalend, falls Ihr Aufenthalt länger dauern wird.«

»Das Dorf ist mir nicht ganz fremd. Als meine Schwester noch lebte, war ich fast jedes Jahr auf ein paar Wochen hier, auch im Winter. Ich hab mir heut schon gedacht, dass man sich in solcher Stille recht wohl fühlen kann. Gerade wenn die Erinnerungen in einem hochkommen, hat man so ein beglückendes Gefühl von Zuhausesein. Ich werde mich eben beschäftigen, wo es immer etwas für mich zu tun gibt, im Haus, in der Küche, vielleicht auch ein wenig im Arbeitsbereich meines Schwagers.«

Camilla schaute sie jetzt fast mitleidig an. »Hilfeleistung bei einem Arzt will gelernt sein, Frau Jordan! Es hat nicht jeder Mensch die Eignung dafür.«

»Ich verstehe, Frau Stöger, Sie meinen, dass es nicht jedem Menschen gegeben ist fremden Krankheiten begegnen zu können. Ich wollte einmal Ärztin werden. Leider ließ sich der Wunsch nicht erfüllen. So bin ich

Apothekerin geworden. Allerdings arbeite ich zur Zeit als Laborantin.«

Camilla sah an ihr vorbei zum Fenster. Es schien, als atmete sie ein wenig beengt auf. Sie schwieg eine Weile.

Dann richtete sie wieder ihren Blick auf Lydia. »Der Herr Doktor wird sich natürlich freuen, wenn Sie so viel Eifer und Interesse für seine Arbeit zeigen. Er ist ein überaus geschickter und gewissenhafter Arzt. Aber seine Art muss verstanden und ertragen sein. Nun, das wissen Sie ja selbst. Ich sage Ihnen das nur, um Sie vor eventuellen Enttäuschungen zu bewahren.«

»Ich kenne meinen Schwager sehr gut, Frau Stöger, und ich weiß um sein raues, oft rücksichtsloses Wesen.«

»Sie werden es nicht ändern können!«

»Will ich das?«

»Ich fürchte es.«

Nun musste Lydia lachen. Aber das Gesicht der Schwester blieb sehr ernst. »Der Herr Doktor ist erfüllt von seiner Arbeit und liebt das Alleinsein«, sagte sie. »Wie oft wurde er in die Brauerei eingeladen oder zu sonstigen Gesellschaften. Er hat immer abgesagt. Man sieht ihn höchstens mit dem Förster von Mittersäß beisammen bei der Jagd oder bei einer Gewalttour auf einen Berg. Er hält nicht viel von Freundschaften, wie man sie in den Städten kennt. Wenn Sie ihm eine besondere Freude machen wollen, dann singen Sie ein Lied auf Thalend und seine Menschen.«

Camilla spielte mit einem kleinen Silberkreuz, das sie um den Hals hängen hatte. Sie schwieg jetzt nachdenklich.

»Warum sagen Sie mir das?«, fragte Lydia.

»Nun, weil sie ihn doch lieben«, kam es etwas zögernd.

Jetzt war es an Lydia, erschrocken aufzusehen. »Woher nehmen Sie eine solche Behauptung, Frau Stöger? Sie ist falsch! Ich bin verlobt!«

Camilla schwieg.

»Ich habe mich verlobt, als ich noch gar nicht daran dachte, in Thalend einen Besuch zu machen«, fuhr Lydia fort. »Ich denke nicht daran, mein Versprechen zu brechen. Ich achte Doktor Falger als den Mann meiner verstorbenen Schwester. Ich fühle mich verpflichtet seiner Mutter ein wenig beizustehen und mich um sein Kind zu kümmern. Allein deshalb bin ich hier. Es darf aber nicht sein, dass man mir hier Absichten unterschiebt, von denen ich nicht einmal träume. Und soweit ich meinen Schwager kenne, ist auch er von solchen Überlegungen meilenweit entfernt!«

Ohne äußerliche Reaktionen ließ Camilla Stöger die temperamentvolle Zurechtweisung über sich ergehen. Und gerade diese überlegene, nicht aus der Fassung zu bringende Haltung empfand Lydia als unangenehm. Schon bei der ersten Begegnung mit der Arzthelferin hatte sie etwas wie Gegnerschaft gefühlt. Jetzt fand sie ihr Gefühl bestätigt.

Aber warum sollten sie Feindinnen werden? Fürchtete die Arzthelferin etwa, sie könnte ihre Rivalin werden in der Arbeit? Bis heute hatte sie ja allein über die Krankenabteilung geherrscht und vielleicht sogar auch über das Doktorhaus. Sie war die einzige Hilfe des Mannes gewesen, der auf einem ebenso harten wie einsamen Posten stand. Sie war unentbehrlich gewesen.

Lydia schaute nachdenklich zu dem großen Kruzifix empor, das gerade von einem Sonnenstrahl, der durch das Fenster brach, beschienen war. Es herrschte eine tiefe Stille um sie.

Oder sah die Schwester in ihr eine Rivalin der Liebe? Nein, ein solcher Gedanke durfte in ihr nicht Platz greifen! So weit durfte der Verdacht nicht gehen!

»Frau Stöger, was haben Sie eigentlich gegen mich?«, fragte sie plötzlich entschlossen.

»Ich? Wie kommen Sie zu dieser Frage? Habe ich etwas gesagt oder getan, was Sie auf solche Gedanken bringen könnte?«

»Nein, Sie haben nichts gesagt und nichts getan, aber es ist etwas in Ihrer Haltung, was mir nicht gefällt.«

»Dann tut es mir sehr Leid, Fräulein Jordan! Ich hatte schon lange nicht mehr mit Menschen Ihrer Art Umgang. Vielleicht ist es das. In Thalend ist man weniger empfindlich!«

Lydia schoss jetzt eine Blutwelle ins Gesicht. Sie wusste nicht, sollte sie sich über diese Bermerkung ärgern oder sich deswegen schämen. Und sie atmete auf, als in diesem Augenblick Richard Falger unter der Tür erschien und sie wegholte aus der Gesellschaft dieser wunderlichen und unergründlichen Frau.

6

Nach dem Mittagessen musste Doktor Falger noch dringende Krankenbesuche machen, von denen er erst heimkehrte, als die Sonne schon tief stand.

»Die Wälder werden schwärzer«, sagte er. »Ich fürchte, dass wir Föhn bekommen!«

Sie tranken Kaffee und hierauf hob der Mann seinen Knaben in die Höhe und scherzte mit ihm, dass helles Kinderlachen durch das ganze Haus drang. Es war die Stunde, in der Richard Falger sich den Seinen widmete.

»Bist du für heute schon frei?«, fragte Lydia.

»Noch nicht ganz. Noch einen Gang hab ich zu machen, aber er eilt nicht sehr. Eigentlich könntest du mich begleiten! Kannst du noch mit Skiern umgehen, Lydia?«

Sie war mit Freuden dabei. »Aber bestimmt!«

Skifahren war einmal ihr größtes Vergnügen gewesen. Nur der Mangel an Gelegenheit und der Ernst des Berufsstrebens hatten sie später nach und nach darauf vergessen lassen.

»Wohin denn?«, fragte sie.

»Nach Mittersäß.«

»Ist jemand krank?«

»Die Herrin glaubt es zu sein. Jedenfalls ist es nicht schlimm, sonst hätte sie sicher schon ein paar Mal telefoniert.«

»Treffen wir dort den Jonas?«

»Das ist leicht möglich.«

»Das ist ja wunderbar! Er hat mich so schon angesehen wie ein zerbrechliches Küken, das kein Wind anblasen darf. Er soll sich heut wundern, wie Lydia Jordan den Winter von Thalend angeht!«

Lachend trennten sie sich, um sich fertig zu machen.

Während sie auf ihr Zimmer eilte und eine passende Kleidung anlegte, machte er die Ski fahrfertig. Das zweite, kleinere Paar musste erst gewachst werden. Die

Mutter half ihm dabei. Sie freute sich, dass der Gast sich so gut bei ihnen einlebte.

Als Lydia in die Bindung stieg, war sie überrascht, dass sie gleich so gut passte.

»Sie gehörten einmal deiner Schwester«, sagte er. »Seitdem hat sie niemand mehr benützt.«

»Ist Martha häufig gefahren?«

»Wer in Thalend im Winter aus dem Haus will, der muss sich an die Ski gewöhnen. Selbst die Kinder kommen auf den Bretteln zur Schule.«

Sie folgte seiner Spur. Schon nach wenigen Schritten zweigte er ab und verließ das Dorf. Sie bewegten sich hinaus in ein weites, weißes Feld. Wie ein düsterer Dämmer lag der Schatten der mächtigen Berge auf dem Tal. Schwarz und jetzt näher gerückt rankte der Kranz der Wälder um die weißen Höhen. Die Kälte hatte nachgelassen und am westlichen Himmel zogen einzelne Wolken auf. Der Schnee war noch pulverig.

Später kamen sie auf eine schmale Straße, die sich in eingefahrener Doppelspur durch die unabsehbare Schneedecke zog. Sie konnten jetzt ganz gut nebeneinander laufen.

»Ist es sehr weit?«, fragte sie.

»Etwa eine Stunde.«

Als sie später den Ausläufer eines Berges überquerten und vor sich die bedrohlichen Schneewächten an den Steilhängen sahen, die der Wind dort aufgebaut hatte, erschauerte Lydia vor der Wucht dieser gefährlichen Naturgebilde. Sie beobachtete ihren Begleiter, der ohne Zaudern die bedrohten Stellen passierte, höchstens dass er einmal einen prüfenden Blick zur Höhe richtete.

Ab und zu stießen sie auf Wildspuren, die sich zu einem Gewirr von Tritten und Läufen verdichteten. Dann waren sie in der Nähe eines Futterplatzes. Aber sie begegneten nicht einem einzigen Tier.

Richard Falger machte sie auf all die Dinge aufmerksam. Sonst sprach er wenig. Es kam ihr vor, als wäre er plötzlich sehr nachdenklich geworden. Vielleicht beschäftigte er sich gerade wieder mit einem besonders schwierigen Fall seiner Praxis.

Als der Wald sich lichtete, führte der Weg bergab in eine weite Niederung. Tief im Grund wurde jetzt ein großes Gehöft sichtbar.

»Mittersäß!«, sagte er, blieb plötzlich stehen und stieß die Stöcke in den Schnee.

Sie tat das Gleiche. »Wie einsam es hier ist!«

»Jetzt, im Winter. Im Sommer ist oft ein recht reges Leben um Mittersäß.«

»Ich kann es mir nicht vorstellen.«

Er schwieg und schaute hinab auf das Gehöft. »Hast du den Briefkasten gefunden?«, fragte er nach einer Weile.

»Natürlich! Und daran denkst du jetzt auf einmal?«

»Ich hab die ganze Zeit darüber nachgedacht. Gewiss war der Brief für Herrn – wie heißt er doch gleich?«

»Otto Lenz.«

»Darf ich etwas dazu sagen, Lydia? Freilich ist der Platz und die Stunde dazu etwas ungewöhnlich. Aber wir sind jetzt ganz ungestört …«

»Bitte!«, sagte sie reserviert.

»Ich hab mich riesig gefreut, als ich so unerwartet deinen Anruf von Stanzach bekam! Mein erster Gedanke war: Sie hat sich frei gemacht, sie hat die bessere und klügere Entscheidung getroffen! Wie gesagt, Mädchen, ich habe mir große Sorgen gemacht wegen deiner Beziehung zu dem Mann. Ich kenne ihn ja nicht näher. Er scheint taktvoll und intelligent zu sein. Und doch ist etwas an ihm, was mir nicht gefallen will. Ich weiß schon, du wirst jetzt böse auf mich sein! Aber ich möchte mein Gewissen dadurch entlasten, dass ich dir wenigstens meine Ansicht darüber frei und offen gestehe. Wie und ob du darauf reagieren wirst, das ist natürlich deine Sache. Es kann auch sein, dass ich mich täusche in dem Mann. Ich weiß es nicht! Gott möge es geben!«

Sie war ernst geworden. Ihr Gesicht zeigte Unmut. Es passte ihr ganz und gar nicht, dass er gerade jetzt so sprechen musste. »Ich liebe ihn!«, sagte sie trotzig

»Ich bin überzeugt, dass du ihn liebst«, fuhr er fort. »Er ist zweifellos ein Mann von gutem Aussehen und guten Manieren. Er macht Eindruck, zumal auf junge Frauen. Ich kann mir schon vorstellen, dass du Gefallen an ihm findest. Aber, kennst du ihn auch ganz genau, Lydia? Weißt du, wie er sich in Situationen verhält, die den Menschen vor harte Entscheidungen stellen? Darauf kommt es an! In deiner Nähe wird er sich immer vorteilhaft zeigen. Daran hast du wohl noch nie gedacht, dass es eine Lüge gibt, die nicht unbedingt ausgesprochen sein muss? Denn der Charakter eines Menschen zeigt sich am besten in der Ungunst seines Schicksals, aber niemals in seinem Glück, das wollte ich dir schon lange einmal sagen.«

Jetzt wartete er auf eine Entgegnung, aber sie schwieg.

»Ich weiß schon, ich bin ein rauer Geselle«, fuhr er fort. »Mein Leben besteht aus zwei Faktoren. Der eine ist die Arbeit, der andere die Natur, so wie sie um mich ist in ihrer Kraft und wilden Schönheit. Für Freundschaften oder dergleichen menschliche Regungen fehlt mir das Gemüt. So wird es wenigstens von den Menschen behauptet, die mich halbwegs kennen. Und doch – Gott allein weiß es – ich habe geliebt. Und wie ich geliebt habe! Martha, meine Frau!«

Er brach ab. In seine Stimme war eine seltsame Bewegung gekommen.

Sie schaute jetzt zu ihm auf. Sein Gesicht war den weißen Bergen zugewandt, seine Augen schimmerten feucht. Wuchtig und stark stand er da, als ein Mann, den kein Schicksal zerbrechen konnte. Langsam änderte sich der Ausdruck seiner Züge, und dann wandte er sich wieder dem Mädchen zu. »Was reden wir denn und kümmern uns? Das Leben geht seinen Weg ohne zu fragen, ob es uns so passt. Ich wünsche dir nur, dass du einmal sehr glücklich wirst! Bist du mir wieder gut, Lydia?«

Sie nickte ihm gerührt zu.

Darauf setzten sie den Weg fort und fuhren nacheinander den ersten Hang hinab. Aber gleich darauf mussten sie noch einmal wieder steil ansteigen. Das Gelände stellte ihnen Welle um Welle entgegen.

Noch einmal blieben sie auf einer Höhe verschnaufend stehen.

»Ich sah in deinem Arztzimmer das Kruzifix«, begann sie abermals das Gespräch. »Ich war davon sehr überrascht; denn bei einem Arzt erwartet man im Allgemeinen keine solche Frömmigkeit. Oder hab ich nicht Recht?«

»Ich hab dir, glaube ich, schon einmal gesagt, dass

ich hier allein bin – ganz allein. Weißt du, was das heißt? Man erwartet von mir, dass ich in allen Fällen erfolgreich gegen den Tod der Menschen angehe. Aus eigener Kraft und Geschicklichkeit kann ich das nicht. Ich brauche auch Hilfe, Hilfe von oben. Das ist das ganze Geheimnis. Bei euch in der Stadt nennt man es Glück, wenn ein schwerer Fall günstig verläuft. Bei uns denkt man ein wenig anders.«

»Du hast Frau Stöger. Sie ist doch sehr tüchtig?«

»Ja, sie ist sehr tüchtig.«

»Ich habe aber den Eindruck, dass es nicht nur Berufseifer und Nächstenliebe ist, was sie zu ihrer Pflichtausübung anspornt«, sagte sie.

»Was denn sonst?«

»Es gibt auch noch andere Gründe, den Ehrgeiz, das Lob, die Anerkennung, die Bewunderung!«

Jetzt musste er lachen. »Du meinst also, sie arbeitet nur deshalb, um bei den Patienten Bewunderung zu finden?«

»Warum nicht auch beim Arzt?«

Jetzt erriet er ihre Gedanken. »Du glaubst doch nicht etwa im Ernst – « Er brach ab und schüttelte verwundert den Kopf. »Du denkst eben so real, wie du es in deiner Welt gelernt hast, Lydia! Aber du denkst falsch! Camilla ist meine Helferin und sie nimmt ihren Beruf sehr ernst!«

»Sie ist jung. Wer kann es verhindern, dass sich in ihr auch die Gefühle einer Frau regen?«

»Daran hat hier noch niemand gedacht, ich am allerwenigsten. Sie hat auch noch nie Anlass zu solchen Überlegungen gegeben. Wir arbeiten zusammen, wie es unter den gegebenen Verhältnissen erforderlich ist. Sie ist eine geschickte Helferin im Operationssaal. Du ahnst nicht, wie nötig ich sie habe!«

Darauf setzten sie schweigend den Weg fort. Er zeigte sich jetzt sehr zurückhaltend und verschlossen. Sie hatte ihn offenbar verletzt.

»Siehst du, nun ist es an dir, mir wieder gut zu sein!«, versuchte sie zu scherzen. »Ich wollte dich bestimmt nicht kränken!«

Er schaute sie an. Dabei musste er sich wieder sagen, wie sehr alles an ihr ihn an Martha, seine verstorbene Frau, erinnerte. Sie hatte dieselben Augen, die gleiche klare Stirn und ganz dieselbe Art den Mund trotzig zu halten wie ein Kind, das mit seiner natürlichen Überlegenheit den Zorn der Eltern entwaffnet. Sein Gesicht entspannte sich.

»Ach, du wolltest dich revanchieren?«

»Nein.«

»Was dann?«

»Ich wollte dich warnen!«

»Etwa vor Camilla?«

»Vor deiner eigenen Unbekümmertheit. Gerade die Tüchtigkeit und Geschicklichkeit deiner Helferin können dir zur Gefahr werden!«

»Oh!«, erwiderte er lachend. »Du scheinst von Camilla keine gute Meinung zu haben! Aber ich bin sicher, dass du sie eines Tages korrigieren wirst!«

Mittlerweile waren sie dem Gutshof nahe gekommen. Die Kälte biss nun doch an ihren Fingern, so dass sie sich auf die Wärme einer Stube freuten.

»Das erste große Gebäude ist der eigentliche Hof«, erläuterte er jetzt. »Dicht daneben steht das Herrenhaus. Dort wohnt die Herrin von Mittersäß, Kunigunde Heimdahl. Drei Schritte vor dem Wald, das kleine eingeschneite Haus, ist die Försterei. Dort wohnt dein neuer Freund Jonas. Wenn es dir recht ist, werde ich dich inzwischen bei ihm unterbringen.«

»Natürlich ist es mir recht. Ich freue mich auf den Mann!«

»Wirklich? Er steht sonst bei den Frauen nicht gerade in Gunst. Bei aller Gutmütigkeit kann er steinhagelgrob sein, wie man hier sagt.«

Sie mussten nicht erst am Forsthaus anklopfen, denn Jonas kam von einem Hang herab auf sie zugefahren. Schon von ferne rief er ihnen sein dröhnendes »Hallo!« zu.

Als er dann vor ihnen stand in seiner derben Kleidung, mit seinem bärtigen, roten Gesicht und seinen lustigen Augen, war alsbald die gute Stimmung hergestellt.

»Ein glücklicher Zufall, dass wir so schön zusammentreffen, Freund Jonas! Wir wollten eben an deinem Haus anklopfen!«, sagte Richard Falger.

»Ein Zufall ist es nicht; denn ich schau euch schon eine ganze Weile von da droben zu«, antwortete der Förster. »Du hast es nicht sehr eilig mit deiner Patientin! Eigentlich für einen Arzt eine schlechte Empfehlung!«, lachte er spitzbübisch. »Aber mach dir keine Gedanken! Meine Gnädige befindet sich bereits auf dem Weg der Genesung. Seit heut Mittag geistert sie schon wieder im Haus herum. Deine Pillen waren doch von einer wunderbaren Wirkung!« Nun lachte er dröhnend, dass die beiden nicht anders konnten als mitzulachen.

»Ich möchte trotzdem einen Besuch bei ihr machen«,

sagte Richard Falger. »Wenn du nichts dagegen hast, wird meine Schwägerin in deiner Behausung auf mich warten.«

»Es ist mir eine große Ehre, obgleich ein solcher Überfall für das Forsthaus von Mittersäß einigen Schrecken bedeutet. Sein Zustand entspricht keineswegs den Erwartungen einer Dame!«

»Seien Sie ohne Sorge, Jonas! Ich werde diesen Zustand nicht ändern und ich will es auch nicht!«, lachte Lydia.

Vom Gutshof führte ein schmaler Weg hinauf zum Forsthaus. Die Entfernung hatte aus der Weite getrogen. Es mochten nur etwa zweihundert Schritte sein, die Lydia an der Seite des biederen Försters gegen den Wald angestiegen war, dann standen sie auch schon vor der Tür.

Als Lydia die Jägerstube betrat, strömte ihr von einem Kachelofen her behagliche Wärme entgegen. Die Einrichtung bestand nur aus wenigen derben Möbelstücken, aus einem großen Tisch, ein paar Stühlen und aus einem Regal, das offenbar zur Ablage von Schriftstücken diente. An der Wand hingen Geweihe, ein paar lange Pfeifen mit bemalten Porzellanköpfen, zwei Jagdflinten und einige alte Bilder, die Jagdszenen darstellten.

Aber die Stube war sauber aufgeräumt und auf dem gescheuerten Boden lagen ein paar bunte Fleckerlteppiche. Nur auf dem Tisch war ein Berg von Schriftstücken aufgehäuft, als hätte ihn ein Windstoß aufgewirbelt. Hier durfte wohl keine fremde Hand Ordnung schaffen.

»Es ist ja wunderhübsch hier!«, rief Lydia voll ehrlicher Bewunderung aus.

»Hübsch? Es ist die Bude eines Junggesellen, Lydia. Sie kann jedenfalls mit den städtischen Heimen kaum konkurrieren! Aber ein Jäger will in erster Linie Behaglichkeit. – Nein, nicht hier!«, rief er, als sie sich auf einen der derben Stühle setzen wollte. Dann eilte er zur Tür hinaus und kam mit einem bequemen Ohrensessel zurück. »Er ist mein einziges Stück dieser Sorte und ist nur für ganz besondere Gäste!«, lachte er. »Solche Gäste kommen freilich sehr selten zu mir, aber wenn sie einmal da sind, dann sollen sie es bequem haben!«

Sie ließ sich in den Sessel fallen und schaute ihm zu, wie er ein paar Holzklötze in den Ofen schob.

Mit beiden Händen griff der Förster nun in den Schriftenberg auf dem Tisch und räumte ihn beiseite.

»Sie haben wohl immer sehr viel Arbeit?«, fragte sie.

»Arbeit gibt es immer, aber noch mehr Streit. Einmal streite ich mit den halsstarrigen Bauern, ein andermal mit meiner Gebieterin, die noch starrköpfiger ist als eine Hundertschaft Holzhacker zusammen.«

»Wie groß ist Ihr Forstrevier?«

»Hundertsechzig Hektar.«

»Donnerwetter!«

Er verließ abermals auf einen Augenblick die Stube und kam mit einer Flasche und ein paar Gläsern zurück. Sie roch sogleich den starken Enzian. »Bitte, lieber nicht!«, wollte sie einwenden, als er die Gläser füllte.

»Sie werden doch nicht ein solches Zitterbäumchen sein! Nein, das dürfen Sie mir jetzt nicht antun! Das wäre furchtbar! Denn auf Tee und solcherlei gehaltlose Gewässer verstehe ich mich nicht. Ich will Ihnen etwas sagen: Zu einem Winter von Thalend gehört ein richtiger gesunder Mensch und zu einem richtigen und gesunden Menschen gehört ein kräftiger Schnaps! Also, Lydia, auf gute Freundschaft!«

Nun griff sie doch nach dem Glas und trank ihm zu. Die Schärfe des Schnapses trieb ihr das Wasser in die Augen, aber sie hielt sich tapfer.

Er lachte, dass die Wände dröhnten. »Na also! Ich hab es ja gewusst: Wer im Winter den Weg nach Mittersäß findet, der hat Courage!«

»Mein Schwager hat mich einfach mitgenommen.«

»Weil er genau weiß, dass Sie ein ganzer Kerl sind! Er hat wohl seine Freude an Ihnen.«

»Glauben Sie? Trotzdem haben wir uns bereits gestritten!«

»Gestritten? Das muss sein. Gewitter reinigen die Luft und die besten Freunde richten bisweilen die Hörner gegeneinander!« Er ging jetzt wieder zum Ofen und schürte das Feuer.

»Kennen Sie Frau Stöger, Jonas?«, fragte sie plötzlich.

»Natürlich.« Er drehte sich nach ihr um. »Was ist mit ihr?«

»Ich glaube, dass sie mich hasst.«

Er zeigte sich weder überrascht noch erstaunt, sondern wischte umständlich die Finger an der Hose ab und kam heran. »Sie hasst jeden Menschen, von dem sie fürchtet, er könne sie aus dem Blickfeld des Interesses stoßen. Sie mag auch mich nicht leiden, weil ich mit dem Doktor auf Du stehe.«

Sie schaute ihn verständnislos an. »Was wollen Sie damit sagen? Doch nicht etwa, dass sie befürchtet, ich könnte ihr die Beliebtheit bei den Leuten streitig machen?«

Er schüttelte den Kopf. »Nein. Sie verstehen mich nicht recht. Ich werde deutlicher sein: Sie will der alleinige Mensch sein, den Doktor Falger braucht.«

Sie schaute den Förster verwundert, fast erschrocken an. »Sie wollen doch nicht etwa sagen, dass sie ihn liebt?«

»Genau das. Warum soll sie ihn nicht lieben? Sie ist eine zielbewusste Frau und, wenn man die nüchterne Berufstracht von ihr wegdenkt, sogar eine recht hübsche Frau. Was ist da natürlicher, als dass sie in dem einzigen Mann, der in diesem Nest um sie ist, den Sinn ihres Lebens sieht? Kunigunde Heimdahl, meine edle Gebieterin, die kennen zu lernen Sie bis heute noch nicht die Ehre hatten, war bis jetzt ihre einzige und sehr harmlose Konkurrentin. Ich zweifle sogar, ob sie heut überhaupt noch beteiligt ist. Jedenfalls hat sie einmal um seine Freundschaft geworben. Und sie war nicht von reinem Idealismus geleitet, als sie dem Doktor durch eine Beisteuerung aus ihrem Vermögen den Anbau der neuen, erweiterten Krankenabteilung an das Doktorhaus ermöglichte. Nach und nach musste sie dann freilich einsehen, dass man Richard Falger nicht allein mit freiwilligen Zuwendungen für eine Krankenstation gewinnen konnte. Kurz, sie hat das Rennen aufgegeben. Und nun kommen Sie daher und bei Ihnen liegen die Dinge ein wenig anders und weit gefährlicher. Das spürt die Camilla und deshalb begegnet sie Ihnen feindlich.«

Der Förster schwieg jetzt und trank sein Glas leer, um es noch einmal zu füllen. »Ich sage Ihnen das als guter Freund. Aber wie dem auch sei, lassen wir uns davon nicht die Laune verderben. Nehmen Sie es nicht tragisch! Gewöhnlich ist schon dort ein Mensch zu viel, wo nur zwei zusammentreffen. Es ist einmal so im Leben! Trinken wir uns den Kummer von der Seele, Lydia! Und ein Prost auf Thalend!«

Er nahm einen kräftigen Zug und ließ ein lautes, behagliches Grunzen hören.

Sie beobachtete ihn heimlich. Seinem Zuspruch haftete etwas an, als hätte er mit Camilla Stöger schon selbst ähnliche Erfahrungen gemacht.

Aber da stand er plötzlich auf und lief ans Fenster. »Ich fürchte, man will unserem Stelldichein ein Ende setzen!«, sagte er brummend. »Da kommt bereits die Rosl angerückt!«

»Wer ist das?«

»Eine Bedienstete vom Hof. Sie hat es verdammt eilig! Wir wollen hören, was es gibt!«

Es dauerte nicht lange, dann stieß sich jemand draußen vor der Tür den Schnee von den Schuhen, gleich darauf wurde kräftig angeklopft und auf das »Herein!« des Försters betrat ein dunkelhaariges Bauernmädchen die Stube. Es grüßte kurz und betrachtete neugierig die Fremde.

»Was gibt's, Rosl?«, fragte der Förster.

»Das Fräulein möchte ins Herrenhaus kommen!«

Der Förster furchte die Stirn. »Wer schickt dich?«

»Die Herrin.«

Jonas räusperte sich ein paar Mal gewaltig. »Sag der Herrin, dass das Fräulein bei mir zu Gast ist. Es schickt sich nicht, einem anderen Menschen einfach den Gast aus dem Haus zu holen!« Und als das Mädchen zögerte, fuhr er laut fort: »Hörst du nicht? Das Fräulein wird nicht kommen! Der Förster Jonas lässt es nicht zu, dass man die einfachste Regel des Anstandes auf eine solche Weise verletzt! Geh also und sage das der Herrin!«

Die junge Bedienstete schaute unsicher von Gesicht zu Gesicht. Sie wusste nicht, was sie tun sollte. Als aber weiter nichts mehr geschah, grüßte sie kurz und ging wieder davon.

Kaum hatte sich die Tür hinter ihr geschlossen, brach der Förster in ein schallendes Lachen aus.

Lydia hatte sich erhoben und wollte sich zum Aufbruch fertig machen. »Das war natürlich ein Scherz, nicht wahr?«, fragte sie.

»Ein Scherz? Nein, das war Ernst! Mich würde jetzt lediglich interessieren, wie meine Botschaft der Herrin vorgebracht wird und welches Gesicht sie dazu macht!« Und wieder musste er lachen, dass ihm die Tränen aus den Augen liefen.

Sie schaute ihn verständnislos an. »Können Sie damit nicht den Zorn Ihrer Herrin herausfordern?«, fragte sie.

»Das will ich ja gerade! Sie haben keine Ahnung, welch einen erbitterten Krieg ich mit dieser Frau führe! Als einzige Tochter, im Wohlstand aufgewachsen, glaubt sie der zentrale Punkt zu sein, um den sich die Welt dreht. Es ist in diesem Haus immer genau nach ihrer Pfeife getanzt worden. Ich war der Erste, der ihr querköpfig widersprach, wenn ich sah, dass sie gegen mein besseres Wissen unsinnige Anordnungen traf.«

»Fürchten Sie nicht, dass sie eines Tages sich ihres Widersachers entledigen könnte? Ich meine, dass Sie Ihren Dienst hier quittieren müssen? Oder gibt es das nicht?«

»O doch. Das kann von einem Monat zum anderen

sein. Aber bis heut hat sie es nicht getan und sie wird es auch nicht tun. Ich hab sogar das Gefühl, dass ihr mein Widerspruch ganz sympathisch ist. Vielleicht will es ihre Natur so, dass sie von Zeit zu Zeit gegen eine Sperre muss, an der sich ihre Leidenschaft entzünden kann. Und diese Sperre bin ich! Und das macht mir Freude!«

Er lachte wieder und griff nach seiner Pfeife. »Wenn Sie nichts dagegen haben, werde ich mir jetzt eine Pfeife anzünden. Oder können Sie Pfeifenrauch schlecht ertragen?«

»Nein, rauchen Sie unbekümmert los! Zu einem richtigen Förster gehört eine Pfeife!«

»Respekt! Ganz anders, als man sie sonst sieht, wenn sie aus der Stadt zu uns kommen, modisch und affig und angemalt bis hinter die Ohren. Sie werden den Winter von Thalend schaffen, das kann ich Ihnen heute schon sagen! Schade, dass ich Sie jetzt gerade nicht zur Jagd einladen kann!«

»Warum nicht? Darf jetzt nicht geschossen werden?«

»Raubwild und vielleicht ein paar Schälhirsche, die dem Forst schädlich sind.«

Sein Blick wanderte immer wieder hin zum Fenster. Die Nacht brach allmählich herein.

»Ich wäre sehr gern einmal mit zur Wildfütterung gegangen«, sagte sie. »Ist das möglich?«

»Natürlich! Ich werde Sie im Dorf abholen, wenn die Wege besser sind.«

Die Stube füllte sich langsam mit dem Rauch der Pfeife.

»Aber Sie verbringen die langen Abende doch nicht so allein hier?«, fragte sie.

»Wo denn sonst? Es gibt immer etwas zu tun, und wenn nicht, dann lese ich oder denke unnützen Dingen nach. Gewöhnlich komme ich spät heim. Gerade zur Zeit haben wir viel Holz geschlagen.«

»Auf dem Gut selbst haben Sie wohl nichts zu tun?«

»Ich kümmere mich um alles, auch um die Landwirtschaft. Ich war früher einmal Gutsverwalter und kann nicht unbekümmert zuschauen, wenn Klee und Hafer in die falsche Erde gesät werden!«

»Sie sind also Förster und Landwirt?«

»Ich bin hier alles – oder auch gar nichts!«

Das klang wieder sehr verdrossen, als wäre er mit seiner Stellung auf Mittersäß durchaus nicht so zufrieden, wie es den Anschein hatte. Sie wartete auf eine nähere Erläuterung seiner seltsamen Bemerkung. Aber er schwieg und schaute unentwegt zum Fenster.

»Der Krankenbesuch dauert lange!«, sagte sie. »Finden Sie nicht auch?«

Er antwortete nicht, sondern reckte plötzlich den Kopf und deutete zum Fenster. »Sehen Sie, es kommt jetzt genauso, wie ich es wollte: Die Herrin von Mittersäß kommt in Begleitung Doktor Falgers in das Forsthaus! Höchstpersönlicher Besuch der Prinzipalin! Hahahaha!« In seiner Stimme lag Triumph, aber auch eine beißende Ironie.

Sie gingen nun beide zum Fenster und schauten in die Dämmerung hinaus. Richard Falger kam in Begleitung einer Dame auf das Forsthaus zu. Ihre Gesichter konnten sie nicht mehr erkennen, weil es draußen schon zu dunkel war. Aber beide schritten rüstig einher und führten gerade ein reges Gespräch.

»Jetzt, meine ich, sollten Sie doch ein wenig Angst

bekommen!«, lachte Lydia und trat vom Fenster zurück. »Ich finde es immerhin sehr gewagt, die Herrin, die eigentlich krank ist, auf diese Weise aus dem Haus zu locken!«

»Hab ich das getan?«

»Auf alle Fälle wollten Sie, dass sie kommt!«

»Mein Wille ist hier ohne Bedeutung. Wenn sie ihn heut wirklich einmal tut, dann gewiss nicht ohne bestimmte Absicht.«

Man hörte jetzt bereits draußen die Schritte, dann wurde an die Tür geklopft und ohne das »Herein!« des Försters abzuwarten betrat eine nicht mehr ganz junge Frau in warmer, gut sitzender Kleidung die Stube. Sie schlug die Kapuze zurück. Ihr Gesicht war von der Luft gerötet. Ihr blondes, dichtes Haar war zu einer Krone aufgesteckt. Die Züge waren ein wenig derb, aber nicht unschön. In ihren Augen lag sogar etwas von einem melancholischen Schimmer. Die Stirne verriet Klugheit, das harte Kinn Energie und Selbstständigkeit.

Richard Falger folgte ihr. Sein Gesicht war heiter.

Lydia hatte sich sofort erhoben und war der Herrin von Mittersäß ein paar Schritte entgegengegangen.

»Das ist meine Schwägerin, Lydia Jordan – und hier Frau Heimdahl, die Herrin von Mittersäß«, beeilte sich Richard Falger die Damen einander vorzustellen.

Kunigunde Heimdahl streckte dem Mädchen die Hand hin. »Ich freue mich!«, sagte sie mit tiefer, fast männlicher Stimme. »Um Sie kennen zu lernen, bin ich hergekommen.« Dann wandte sie sich an Richard Falger: »Ich bin überrascht, lieber Doktor! Sie können stolz sein auf Ihre Schwägerin!«

Sie drückte Lydia die Hand und maß strahlend ihre

Erscheinung. Das Mädchen wollte auch seinerseits der Frau ein paar Artigkeiten sagen, aber sie kam nicht dazu. Die Herrin von Mittersäß war in ihrer Begeisterung sehr wortreich. So beschränkte Lydia sich schließlich auf die Beantwortung ihrer Fragen.

Unterdessen stand der Förster im Hintergrund und erwartete mit verbissenem Unmut seine Maßregelung. Sie kam dann auch, und zwar ganz plötzlich. Der Blick der Herrin streifte ihn. Ihre Stimme wurde noch tiefer, als sie sagte: »Ich finde Ihre Haltung sehr taktlos, Jonas! Es gehört schon ein großes Stück Bosheit dazu, in meiner Einladung an das Fräulein eine Verletzung des Anstandes sehen zu wollen! Nicht wahr, Herr Doktor?«

Richard Falger sagte nichts. Aber über sein Gesicht ging ein Schmunzeln, als er den Blick auf den Förster richtete.

Jonas räusperte sich zuerst ein paar Mal sehr geräuschvoll, dann erst legte er los: »Es tut mir Leid, auf meiner Ansicht beharren zu müssen! Ich beziehe die Verletzung des Anstandes zunächst nicht auf mich, vielmehr auf das Forsthaus! Oder ist das Forsthaus von Mittersäß zu gering, dass es von der Herrin des Gutes betreten werden kann? Solange ich hier bin, ist es noch nicht geschehen! Die Herrin kümmert sich weder um mich noch um meine Behausung. Man schickt mir nur eine Magd herüber, die von Zeit zu Zeit das Haus säubert, die Fenster putzt und nach der Ordnung schaut! Ist das nicht beschämend?«

Die Erbin von Mittersäß belustigte sich an seinen Vorwürfen. »Das heißt also, dass Sie mich heut zwingen wollten das Forsthaus zu besuchen?«

»Ich wollte lediglich, dass dem Forsthaus auch einmal die Ehre zuteil wird ein paar liebe Gäste zu beherbergen!«

»Das ist ganz schön, aber ich fürchte, es fehlen dazu die Voraussetzungen, Jonas!«, stichelte die Frau fort. »Oder wollen Sie unseren Gästen zumuten, dass sie sich auf diese paar Stühle verteilen?«

»Es ist unnötig, gnädige Frau, sich um die Sitzgelegenheit der Gäste Sorgen zu machen!«, parierte er bissig ihren Spott. Darauf eilte er auch schon hinaus und trug ein paar weitere Polstersessel herbei, von derselben Garnitur wie der, den er vorhin für Lydia besorgt hatte.

Nun mussten sie alle lachen und plötzlich war unter ihnen die beste Stimmung.

»Und was hat unser Gastgeber an Getränken zu bieten?«, forderte die Herrin den Förster abermals heraus.

»Alles, was Sie wünschen! Tee – «

»Nicht möglich!«, rief Richard Falger lachend.

»Tee, Wein, Enzian«, fuhr Jonas unbeirrt fort. »Wollen Sie sich also bitte entscheiden!«

»Dann schlage ich einen Glühwein vor!«, sagte Fräulein Heimdahl. »Einverstanden?«

Alle stimmten ihr zu.

»Allerdings möchte ich mir erlauben die Herstellung selbst zu besorgen«, fuhr sie fort. »Fräulein Jordan, würden Sie mir dabei ein wenig helfen oder doch wenigstens etwas Gesellschaft leisten? – Keine Widerrede, Jonas! Frauen verstehen sich darauf besser! Es kann Ihnen nur recht sein, wenn die Herrin von Mittersäß sogar der Küche des Forsthauses die Ehre erweist! Nicht wahr?«

Der Förster war bestürzt. Es war das erste Mal, dass er vor Verlegenheit keine Entgegnung wusste.

Die beiden Frauen gingen in die Küche und suchten mit den Dingen zurechtzukommen. Während Lydia im kleinen Herd Feuer machte, trug Kunigunde Heimdahl die notwendigen Sachen zur Bereitung des Glühweines zusammen. Sie öffnete dabei alle Schränke und Schubladen und zeigte sich überaus heiter. Sie musste jeweils laut auflachen, wenn sie auf Dinge stieß, die über die Lebenshaltung des Försters Aufschluss gaben.

»Sie sind dem Förster doch nicht ernstlich böse wegen seines Verhaltens?«, fragte Lydia. »Ich glaube, dass es nicht schlimm gemeint war.«

»Sie wollen ihn wohl in Schutz nehmen? Dann muss ich Ihnen allerdings sagen, dass er das nicht nötig hat. Er hat eine besondere Art sich selbst zu helfen. Im ersten Augenblick habe ich mich in der Tat über ihn geärgert, aber der Zorn ist alsbald wieder verflogen. So ist das immer zwischen uns. Und er behält jedes Mal Recht! Ich lasse mir eben alles von ihm gefallen und kann nichts dagegen tun! Dabei ist es nicht allein seine Tüchtigkeit und Unentbehrlichkeit, wovor ich kapituliere. Ich weiß nicht, oft kommt es mir vor, als hätte nicht ich ihm, sondern er mir zu befehlen.«

Sie goss jetzt den Rotwein aus den Flaschen in ein Geschirr und stellte es auf das Feuer. Sie fanden nach und nach alles zusammen, was sie benötigten, Zucker, Zimt, Gewürze. Langsam füllte sich der Raum mit süßen Düften.

»Bitte, kommen Sie doch recht oft nach Mittersäß!«, bat Kunigunde Heimdahl plötzlich, nachdem sie eine lange Weile das Mädchen heimlich beobachtet hatte. »Lassen Sie uns gute Nachbarschaft pflegen. Wir können dann zusammen plaudern, Tee trinken, Klavier spielen. Es ist jetzt furchtbar einsam um mich. Es gibt kaum eine sinnvolle Arbeit im Winter. Wollen Sie öfter kommen?«

Lydia versprach es, denn sie hatte Gefallen an der Frau.

»Ich freue mich, weil Sie so schön sind!«, fuhr die Herrin von Mittersäß fort. »Ja, Sie sind wirklich schön, Frau Jordan! Ich weiß nicht, wie ich es sagen soll, aber es macht mir so große Freude! Seltsam, nicht wahr? Ich bin kein bisschen neidig, dass Sie mich darin so sehr übertreffen.« Sie schwieg wieder und kümmerte sich angelegentlich um den Wein.

Lydia war von ihrer Rede ein wenig verwirrt. Sie wusste nicht, welche Absichten die Frau hatte, die bei aller Wohlhabenheit nicht sehr glücklich zu sein schien. Schweigend und nachdenklich wischte sie jetzt die Gläser und richtete sie auf ein Tablett zusammen.

»Sie werden das Doktorhaus von Thalend wieder ein wenig in die Sonne rücken!«, sagte Frau Heimdahl. »Sie – und nicht die andere!«

Da horchte Lydia gespannt auf. »Ich verstehe Sie nicht.«

»Doktor Falger hat nach und nach vergessen, dass es neben der Berufsarbeit auch noch andere Lebensnotwendigkeiten gibt! So meine ich das!«

»Scheint man dies hier nicht allgemein zu vergessen? Beispielsweise kennt auch der Förster von Mittersäß nur seinen Wald!«

Kunigunde Heimdahl musste lachen. »Ich sehe, wir beide verstehen uns vortrefflich! Wir werden uns darüber noch oft unterhalten. Ich freue mich sehr auf Ihren nächsten Besuch!«

Als der Trunk fertig war, trug Lydia ihn in die Stube, um ihn zu servieren.

Es wurde noch ein netter, fröhlicher Abend, und als die Gäste aufbrachen, eilte Jonas hinab zum Hof und schirrte die Pferde. Sie hatten alle ein wenig zu viel getrunken, um mit den Skiern heimzufahren.

7

Es kamen Stürme und weitere erstickende Schneefälle. Immer tiefer versanken die Häuser, die Bäume und Wälder in der weißen Flut. Deshalb war zunächst nichts aus einem zweiten Besuch in Mittersäß geworden. Man konnte jetzt kaum mehr vor die Tür treten.

Lydia war nun auf die Gesellschaft der Falger-Mutter und des Kindes angewiesen, sie wuchs mit ihnen zusammen zu einer Gemeinschaft, wie sie sich inniger und schöner nicht gestalten konnte. Der kleine Konrad schmiegte sich an sie wie an eine Mutter, er folgte ihr bei jedem Schritt, den sie durch das Haus machte, er weihte sie ein in alle seine kindlichen Geheimnisse, und sie kümmerte sich um ihn und schenkte ihm ihre ganze Liebe.

Richard Falger kam jetzt oft sehr spät heim. Es gab gerade wieder sehr viele Kranke und außerdem hatte er bei den gegenwärtigen Wegverhältnissen seine liebe Not, weil er seine Besuche nach auswärts größtenteils zu Fuß machen musste. Mit dem Wagen kam er nicht mehr durch. Oft geschah es, dass Lydia sich bereits in ihr Zimmer zurückgezogen hatte, wenn er heimkehrte.

Und wenn sie ihm einmal begegnete, dann schaute er sie immer ein wenig bekümmert an. »Das ist der Winter von Thalend«, sagte er dann. »Aber auch er geht eines Tages vorüber!«

In diesen Tagen erhielt sie den ersten Brief aus München. Sie achtete nicht darauf, dass er mit einer ganz erheblichen Verspätung angekommen war, sie sah nur, dass er mehrere Seiten lang war.

An diesem Abend zog sie sich sehr zeitig zurück und Konrad machte ganz verwunderte Augen, als sie ging und nicht mehr mit ihm spielen wollte wie sonst.

Und als sie den Brief las, erstand vor ihr das Bild der frohen Stadt München. Jetzt ergriff sie das große Heimweh nach all den Menschen, denen sie dort begegnet war. Und wie schön Otto ihr alles zu schildern wusste! Wie er seine Sehnsucht nach jenen vergangenen Stunden zum Ausdruck brachte!

»Ich finde einen Weg zu dir, Lydia, auch wenn der Winter seinen Eis- und Schneegürtel immer enger und dichter schnürt. Es kann mich nichts aufhalten und eines Tages werde ich vor dir stehen. Über Weihnachten mache ich mich hier für ein paar Wochen frei, dann werden wir zusammen die Freuden eines Bergwinters erleben! Gibt es in Thalend Unterkunftsmöglichkeiten? Ein Gasthaus oder eine Pension? Wenn nicht, dann will ich es in der Umgebung versuchen. Ich werde dich dann täglich abholen zu einem Anstieg bis hinauf zu den Eisströmen. Du weißt nicht, wie sehr ich mich freue auf ein Wiedersehen mit dir, du geliebtes Mädchen …«

Er kommt! Dieser Gedanke beherrschte Lydia und erschütterte sie. Auf einmal war alles vergessen, womit sie sich gerade noch ruhelos beschäftigt hatte. Was gingen die Menschen von Thalend sie an? Sie war doch nur Gast in diesem Haus!

Am folgenden Tag kam Richard Falger etwas früher heim als sonst. Sie hatten noch nicht einmal Licht gemacht. Aber er traf keine Vorkehrungen feierabendliche Bequemlichkeit zu suchen. Er legte nicht einmal seinen Mantel ab und nahm nur schnell ein paar Bissen zu sich, fand nicht einmal Zeit mit seinem Kind zu scherzen.

»Musst du denn noch weg?«, fragte die Mutter.

»Zum Mangboden.«

»Ist es sehr dringend?«

Er nickte zerstreut. »Ich überlege eben – wenn ich dich bäte mitzukommen, Lydia, wäre das unverschämt? Ich brauche eine Assistenz. Camilla ist im Augenblick unabkömmlich.«

»Wenn du glaubst, dass ich dir in etwas nützlich sein kann, gern!«

»Natürlich kannst du das. Es handelt sich um eine kleine Operation, ungefährlich, aber sehr dringend. Ich wollte die Patientin ins Haus holen, aber es ist gerade kein Transport möglich und länger darf ich nicht mehr warten. Es sind kleine Bauern, die Stube voll Kinder, überall ungeschickte Leute, es kann mir niemand dabei helfen.«

»Gehen wir sofort? Dann mache ich mich gleich fertig.«

»Ich bitte dich darum!«

Im Sommer war der Mangboden leicht erreichbar, im Winter dagegen zeigte das abschüssige Gelände oft solche Schneeverschüttungen, dass eine Zufahrt mit einem Wagen oder Schlitten nicht möglich war. Nur ein von schweren Stiefeln und Schneeschuhen eingetretener schmaler Pfad führte wie eine Rinne bergwärts an drohenden Schneewächten vorbei.

Lydia folgte dem Arzt tapfer auf diesem beschwerlichen Weg.

Sie sprachen sehr wenig, denn der Anstieg erforderte die ganze Kraft ihres Atems. Ab und zu blieb er eine kurze Weile stehen und ließ sie verschnaufen. Es schien, als bereue er bereits, dass er sie überhaupt mitgenommen hatte. Er sah ihr von der Anstrengung erhitztes Gesicht, den Nebel ihres Atems, der in kurzen, heftigen Stößen von ihrem Mund flog.

»Wenn ich dir zu rasch gehe, dann nimm mich bitte an den Zügeln!«, sagte er.

»Du bist auf einmal sehr nachsichtig mit mir!«, lachte sie. »Früher zeigtest du dich ein wenig anders!«

»Wirklich? Und daran erinnerst du dich noch?«

»Und ob! Mit deiner Kraft hattest du für weniger stabile Naturen kein Verständnis. So war es doch!«

Er schaute sie verwirrt an. »Willst du mich heut gar zur Rechenschaft ziehen?«, versuchte er zu scherzen.

»O nein! Ich hab nur Martha nicht verstehen können, dass sie sich so wenig daraus gemacht hat. Sie hat sogar deine Art verteidigt. Ich war ja noch ein halbes Kind.«

Nun war er doch bestürzt. Er wusste nicht recht, worauf sie hinaus wollte. »Verstehst du meine Art heut besser?«

»Ja.«

Schweigend gingen sie weiter. Lydias Gedanken beschäftigten sich jetzt mit Ottos Brief und mit der Ankündigung seines Besuches. Ihr Herz war voll freudiger Erwartung, aber auch bedrückt von der Sorge, wie man sich im Doktorhaus dazu stellen würde. Sie musste es Richard jetzt wohl sagen, denn eine bessere Gelegenheit würde sich kaum mehr dazu bieten. Aber sie verschob es von Schritt zu Schritt. Sie fürchtete sich vor seiner Überraschung, vor seinem Unmut, vor seinem Erschrecken. Er war ja gänzlich ahnungslos.

Vielleicht aber machte er sich gar nichts daraus. Er wusste ja von ihrer Liebe zu diesem Mann, und wenn er auch aus irgendeinem Grund dagegen war, so hatte er doch kein Recht die Dinge aufhalten zu wollen …

»Konrad sieht in dir seine Mutter!«, sagte er plötzlich. »Das ist wohl ein Zeichen dafür, wie sehr du Martha ähnlich geworden bist. Er ist so glücklich, wie ich ihn nie zuvor gesehen habe. Und dafür danke ich dir!«

Sie antwortete nicht. Die Liebe des Kindes hatte sie lange schon beschäftigt …

Sie kamen jetzt durch eine enge Wegmulde. Da blieb er stehen und deutete an einem steilen Berghang hinauf, an dem die Schneemassen wie eine ungeheure Geschwulst hingen.

»Hier an dieser Stelle war es, als mir einmal der Tod entgegentrat, unversehens und überraschend. Auch damals musste ich hinauf zum Mangboden, fast noch dringender als heut«, berichtete er.

»Du hast es mir schon erzählt«, antwortete sie. »Du bist in die Bahn einer Lawine geraten und knapp davongekommen. Auf dem Mangboden war jemand am Verbluten. Ich hab es nie mehr vergessen.«

»Mein Begleiter wollte zurück ins Tal. Das aber hätte den Tod eines Menschen bedeutet, der im Mangboden auf meine Hilfe wartete. War das nun auch eine

Rücksichtslosigkeit von mir, dass ich den Mann beiseite stieß und allein weiterging?«

»Nein, Richard, das wahr wohl deine Pflicht. Hab ich dich vorhin gekränkt? Dann entschuldige!«

Er lachte ihr zu. Sie gingen weiter. Schaudernd beobachtete Lydia die Schneewächten über ihren Köpfen. Es war in der Tat ein überaus gefährlicher Weg. Wie oft schon hatte Richard Falger ihn gehen müssen, wenn die Menschen in Todesnot nach ihm riefen!

Nein, jetzt durfte sie ihm nicht mit dem Brief kommen und mit der Bitte ihr bei der Beschaffung eines Quartiers für Otto Lenz behilflich zu sein.

Schweigend stiegen sie durch die Mulde bergwärts. Es war nun dunkel geworden und sie mussten auf jeden Schritt Acht geben. Als sie droben wieder einen Augenblick verschnauften, suchte er mit bewunderndem Blick ihr Gesicht. »Respekt, Mädel! Wir werden es schaffen!«, lobte er sie. »Wir haben nun nicht mehr weit.«

Bald darauf kamen sie auch schon an den ersten tief verschneiten Häusern vorbei, die still und geduckt vor der weißen Kulisse des Krottenkopfes standen. Hier und dort blinzelte ein trübes Licht aus einem Fenster.

»Eine Kolonie von sibirischer Einsamkeit!«, sagte Lydia.

»Und auch diese Menschen lieben ihre Heimat über alles, sie lieben sogar ihren grausamen Winter«, entgegnete er.

Richard Falger bog nun plötzlich vom Weg ab und steuerte einem Haus zu, das scheu an den Berg gedrückt ihnen mit zwei matt beleuchteten Fenstern entgegenschaute. Eine schmale Spur führte bis an die niedrige Tür heran.

»Wir sind da«, sagte er.

Man hatte sie wohl schon kommen sehen. Denn jetzt ging die Tür auf und unter ihr erschien ein Mann, der in hartem, schwerfälligem Dialekt grüßte.

Sie lösten die Ski von den Füßen, lehnten sie an die Mauer und folgten dem Mann in die Stube, die unverhältnismäßig groß, sehr niedrig, aber ländlich schmuck und heimelig war. Die behagliche Wärme, die ihnen entgegenschlug, und die immergrünen Ranken im Herrgottswinkel empfand Lydia als äußerst angenehm. Hinter dem mächtigen Ofen schautc eine Anzahl kleiner Kinder hervor, die dort eben mit ein paar Katzen spielten.

Auf einem ledernen Kanapee saß eine alte Frau, offenbar die Großmutter, die die Schar der Kinder zu hüten hatte. Bei ihrem Eintritt erhob sie sich sogleich, ohne jedoch außer einem kurzen Gruß ein Wort zu sagen.

Von der Patientin war nichts zu sehen. Sie war wohl bettlägerig.

»Dass das jetzt passieren musste!«, jammerte der Bauer. »Jetzt, wo man kaum zu uns kommen kann!«

»Das haben wir nicht in der Hand, Haslinger«, sagte Richard Falger, der am Tisch, unter der trüben Lampe, seine Sachen ordnete.

Lydia betrachtete den Bauern. Er schaute ein wenig ängstlich und besorgt drein. Das Leiden seiner Frau schien ihn sehr zu bekümmern. »Wird es sehr schlimm, Doktor?«

»Schlimm nicht, aber es muss gemacht werden.«

Richard Falger zog jetzt seine Jacke aus, krempelte die Ärmel des Hemdes und der Wolljacke bis über die Ellbogen zurück und begann die Hände in einem bereitstehenden Wasserbecken zu waschen. Nebenbei sprach er dem einsilbigen Bauern Mut zu.

Die alte Frau hatte Lydia einen Stuhl hingerückt und sie zum Sitzen eingeladen. Es dauerte eine geraume Weile, bis der Arzt seine Vorbereitungen getroffen hatte. Dann half Lydia ihm in seinen weißen Mantel und band sich selbst eine Schürze um. Sie waren fertig.

»Magst du dabei sein, Mutter, wenn der Doktor etwas brauchen sollte?«, fragte der Bauer. Trotz seines robusten Aussehens fehlte ihm selbst der Mut dazu.

Die Alte nickte stumm und führte die beiden über eine knarrende, ausgetretene Stiege hinauf zur Kammer der Kranken …

Was nun geschah, war für Lydia durchaus keine Sensation. Sie hatte früher während ihres Studiums öfter solchen Operationen beigewohnt und auch selbst mitgeholfen. Aber der Eindruck, den sie heute davon bekam, war doch ein ganz anderer.

Die junge Frau, die mit blutleerem Gesicht in ihrem bescheidenen Bett lag, hatte mit beiden Händen nach dem Arm des Arztes gegriffen, als er zu ihr getreten war. Sie weinte vor Erregung. »Ich hab nicht mehr gehofft, dass Sie kommen werden, Doktor!«, sagte sie. »Der Weg zu uns ist jetzt schlecht und gefährlich.«

»Haben Sie denn geglaubt, dass ich Sie im Stich lasse, Haslingerin?«

»Nein, das nicht. Ich hab nur den Weg gefürchtet. Es hat schon oft ein Unglück gegeben. Was würde aus meinen Kindern werden, wenn ich sterben müsste!«

»Sie bleiben schon bei Ihren Kindern, Haslingerin!«

»Dank!« Die Bäuerin schaute voll Vertrauen zu dem Arzt auf.

Dieser kleine Dialog griff Lydia ans Herz. Und der große, raue Mann, der so breitschulterig vor dem Krankenbett stand und seine Instrumente bereitlegte, erschien ihr heute in einem ganz anderen Licht. Es ging eine wunderbare Kraft von ihm aus, an der sich die entmutigte Frau hoffnungsvoll aufrichtete. Ihr bleiches Gesicht wurde zusehends entspannter, ruhiger, schöner …

Lydia näherte sich ihr, streifte den Ärmel ihres Hemdes zurück und legte den hageren Arm frei. Sie fühlte den dankbaren Blick der Frau auf ihrem Gesicht und erwiderte ihn ermutigend.

Der Arzt schaute nach der Uhr, suchte die Vene am Arm der Kranken und gab die Narkotika. Er setzte sich dabei zu ihr ans Bett, hielt ihre Hand und begann dann zu zählen …

Immer schwächer und zögernder kamen die Antworten und plötzlich war die Kranke eingeschlafen.

Richard Falger operierte mit einer Geschicklichkeit, dass Lydia ihn deswegen bewundern musste.

Sie assistierte ihm äußerst geschickt. Er brauchte ihr nicht einmal zu sagen, was sie ihm reichen sollte. Sie arbeiteten Hand in Hand, als hätten sie es eingeübt.

Und als die Frau aus der Narkose erwachte, war alles geschehen. Fast ungläubig schaute sie dem Doktor ins Gesicht.

»Es ist alles gut, Haslingerin! Noch ein paar Tage Ruhe und Schonung, und das Leben kann wieder beginnen!«

Der Weg heim ins Dorf war leichter und schneller zurückzulegen. Es ging jetzt ja talwärts. Aber es war inzwischen tiefe Nacht geworden. Sie mussten oft nach den Schneezeichen suchen, die nur noch kümmerlich aus den Verwehungen ragten. Oft blieb Richard Falger stehen, um sich zu orientieren.

»Das hast du heut einfach großartig gemacht, Richard!«, sagte Lydia plötzlich in das Schweigen.

»Wieso? Warum sagst du das?«

»Weil ich es sagen muss. Es ging so viel Kraft aus von dir auf die arme Frau, auf den Mann, auf die Großmutter, auf alle!«

»Glaubst du? Dann muss ich dir auch sagen, dass ich von deiner Assistenz begeistert bin. Du hast noch nichts verlernt. Alle Achtung!«

»Wenn du mit mir zufrieden warst, dann freut es mich. Aber behalte es für dich, bitte! Ich möchte nicht, dass Camilla eine Konkurrenz befürchtet!«

»Davon kann doch keine Rede sein! Ich freue mich einfach, dass du mir so tapfer und geschickt beigestanden bist. Und ich danke dir dafür! Martha hat mich oft unterstützen müssen und sie hat es gern getan. Du hast mich heut sehr an sie erinnert!«

Als sie das Dorf erreichten, wunderte sie sich, dass er plötzlich einen anderen Weg einschlug. Er führte sie jetzt am Kirchberg vorbei und stieg zur Brauerei hinauf.

»Es ist nun doch spät geworden«, sagte er. »Wir wollen dort essen! Ist es dir recht?«

Sie hatte nichts dagegen einzuwenden. Sie legten die Ski ab und betraten ein hübsches Stübchen mit ein paar freundlich gedeckten Tischen. Es war leer, aber aus der daneben liegenden Gaststube kam das Stimmengewirr der anderen Gäste.

»Diese kleine Rast haben wir uns wohl verdient!«, sagte er.

»Kommst du häufiger hierher?«, fragte sie.

»Nein. Es ist wohl eine kleine Gesellschaft da, der Pfarrer, der Ziegeleibesitzer, ein Lehrer, die sich bisweilen hier trifft. Natürlich wurde ich oft dazu eingeladen, aber ich hab ja kaum Zeit!«

Dann erschien ein junges Mädchen, das die Bestellung entgegennahm. Sie wurden auch prompt bedient und konnten alsbald mit dem Essen beginnen.

Sie wurden nicht mehr gestört. Auch kamen keine Gäste mehr dazu.

»Du hast mir heute einen großen Dienst erwiesen, Lydia! Ich hoffe, dass es dir bewusst ist!«, sagte er.

»Wirklich? Dann darf ich mir vielleicht einbilden in deinem Wohlwollen ein wenig gestiegen zu sein?«, fragte sie schelmisch.

»Und wie! Du hast bei mir sogar eine sehr hohe Nummer!«, parierte er.

Sie wurde plötzlich ernst. »Dann darf ich dir vielleicht etwas gestehen, wozu ich bisher nicht den Mut fand?«

Jetzt studierte er ihr Gesicht. War das ein Scherz? Oder verbarg sie in der Tat eine unliebsame Überraschung? »Ich kann mir nicht denken, was du mir zu gestehen hättest, Lydia!«

»Ich hab Post bekommen, von München.«

Sein Gesicht blieb unbeweglich. Es war nicht zu erkennen, welche Wirkung diese Mitteilung auf ihn hatte. »Du kannst Post bekommen, soviel dich freut. Darin gibt es im Doktorhaus keine Vorschriften. Du bist in keinem Mädchen-Internat!«, versuchte er zu scherzen.

»Von Herrn Otto Lenz.«

»Kann ich mir denken. Ich finde nichts Besonderes daran.«

»Er möchte mich über Weihnachten hier besuchen.«

Nun ging in seinem Gesicht doch eine Veränderung vor sich. Es wurde auf einmal hart. Und hart empfand sie auch sein Schweigen.

»Hast du etwas dagegen?«

»Ich? Geht es denn mich etwas an?«

»Er möchte mit mir ein paar Skitouren machen. Er ist nämlich ein begeisterter Wintersportler.«

»So? Weißt du das?«

»Er hat es mir gesagt, als noch niemand daran dachte, dass ich diesen Winter in Thalend zubringen würde.«

Er überlegte lange.

»Warum sagst du nichts?«

»Was soll ich denn sagen?«

»Irgendetwas! Meinetwegen, dass du dagegen bist! Dass du es nicht duldest! Dass es sich nicht gehört für ein junges Mädchen, Männerbesuche zu empfangen!«

Er schaute sie an. Ihr Temperament bestürzte ihn. »Ich hab dir bereits gesagt, dass ich nicht daran denke, mich in deine privaten Angelegenheiten einzumischen. Wo will Herr Lenz wohnen?«

»Das wollte ich mit dir beraten. Gibt es in Thalend eine Möglichkeit? Vielleicht hier in der Brauerei?«

Er schwieg wieder eine Weile nachdenklich. »Ich überlege eben, unter welchen Voraussetzungen er bei uns im Doktorhaus bleiben könnte. Es ist Platz genug. Aber du weißt, wie streng die Menschen hier denken. Ich werde mit der Mutter selbst darüber sprechen.«

Sie war so bestürzt, dass sie ihm nicht einmal für seine Bereitwilligkeit danken konnte. Sie fand keine Erklärung, aus welchen Gründen er plötzlich sein Verhalten geändert hatte.

Mittlerweile hatte sich die Einkehr des Doktors als ungeheure Neuigkeit herumgesprochen. Sie musste sogar bis zur Villa gelangt sein. Denn kaum hatten sie das Essen beendigt, erschien eine junge Frau, um die Gäste zu begrüßen.

Es war die Brauereibesitzersfrau Selma Vogt.

Und diese Begegnung war für Lydia von einer solch erschütternden Wirkung, dass sie hernach die ganze Nacht darüber nachdenken musste. Dabei war es wiederum dieser Doktor Richard Falger, der im Mittelpunkt ihrer Gedanken stand …

Nachdem die weltgewandte, vornehme Frau eine Weile in herzlichem Ton zu ihnen gesprochen hatte, verfiel sie plötzlich in ein ernstes Schweigen – und ohne sich um die Gegenwart seiner Begleiterin zu kümmern griff sie plötzlich nach dem Arm des Arztes: »Wissen Sie, was es für mich bedeutet, Sie hier zu sehen, lieber Doktor? Nein, Sie wissen es nicht! Sie können sich nicht vorstellen, was ich gelitten habe. Ich wollte immer zu Ihnen kommen, aber es verging Tag um Tag, es vergingen Monate, Jahre! Ich hatte nicht den Mut! Es war die Schuld, die niemand von mir nehmen kann!«

Richard Falger war zunächst erschrocken, aber er hatte sich sofort wieder in der Gewalt. »So dürfen Sie nicht sprechen, Frau Vogt! Wie geht es Ihrem Mann?«

»Gut! Es ist alles gut geworden. Durch meine Schuld allein konnte es damals geschehen. Ich hab es zu spät erkannt!«

»Es war nicht Ihre Schuld allein. Man gewöhnt sich hart ein in Thalend!«

»Und Sie mussten dieses Unglücks wegen Ihre Frau verlieren!«

»Das war wohl mein hartes Schicksal.«

»Nein, es war der Fluch der bösen Tat, den Sie, der Unschuldige, tragen mussten! – Bitte, kommen Sie mit mir hinüber in die Wohnung! Seien Sie noch ein wenig unser Gast!«

»Ein andermal gern, Frau Vogt, aber heut muss ich heim. Es ist spät und ich hab noch nach einem Patienten zu schauen! Ich freue mich über Ihre Auffassung! Helfen Sie weiter Ihrem Mann und halten Sie fest zu ihm! So will es die Ordnung!«

Es war Lydia peinlich, Zeugin einer solchen Unterredung zu sein. Sie sah die tränenerfüllten Augen der schönen Frau, als sie sich zum Abschied die Hand drückten.

Schweigend stiegen die beiden hinauf zum Doktorhaus. Lydia konnte die junge Frau nicht vergessen. War es nun ein Zufall gewesen, dass es gerade heute noch zu diesem Zwischenfall gekommen war? Oder war er in einer bestimmten Absicht im Bräuhaus eingekehrt, um ihr zu beweisen, unter welch tragischen Umständen er damals vom Kranken- und Sterbebett Marthas fern gehalten worden war? Sie konnte sich erinnern, mit welchen Vorwürfen sie ihn in Grund begrüßt hatte, als er sie an der Bushaltestelle abholte. Sie hatte gefühlt, dass sie ihm damit Unrecht tat, aber sie musste es tun. Seine unhöfliche und rücksichtslose Haltung forderten sie immer schon zu einer gewissen Gegnerschaft heraus.

Vielleicht hat er nur gewollt, dass sie jene menschliche Tragödie ahnte, die sich damals im weltfernen Thalend abgespielt hatte und bei der zu helfen er verpflichtet war.

»Ich habe noch einiges zu tun«, sagte er, als sie daheim angekommen waren. »Ich danke dir nochmals für deine Hilfe, liebe Lydia!« Er verschwand im Arbeitszimmer.

In dieser Nacht saß Doktor Richard Falger noch zu sehr später Stunde vor dem Schreibtisch. Im Haus war längst kein Laut mehr. Die Leute von Thalend hatten sich daran gewöhnt, dass zu dieser Stunde noch Licht in einem Fenster des Doktorhauses war.

Er schrieb an einem Brief. Oft zerriss er das Geschriebene, begann von neuem. Immer wieder unterzog er alles einer kritischen Überprüfung.

Es handelte sich um einen Brief, den er an einen ihm aus der Studienzeit her bekannten Münchener Rechtsanwalt richtete. Er bat ihn um Auskunft über die Person und die Verhältnisse des Chemikers Otto Lenz.

Die größte Schwierigkeit bereitete ihm dabei die Begründung seiner ungewöhnlichen Anfrage.

Tage waren seitdem vergangen. Lydia Jordan war der Praxis fern geblieben. Camilla Stöger begegnete sie nur noch dann, wenn die Krankenschwester in irgendeinem Auftrag in die Wohnung kam. Dabei bewegte sie sich in den Räumen wie eine Angehörige des Hauses. Der Falger-Mutter gegenüber zeigte sie sich in familiärer Ungezwungenheit. Sie war im Doktorhaus daheim, obwohl sie nie mit am Tisch saß. Sie stellte sich und ihren Kranken das Essen selbst her.

Lydia suchte jede Begegnung zu vermeiden. Wenn Camilla die Wohnung betrat, flüchtete sie sich vor ihr auf ihr Zimmer.

Einmal, als es wieder so geschehen war, wurde plötzlich an ihre Tür geklopft und nicht ganz ohne Erschrecken sah sie die Arzthelferin eintreten.

Während Lydia ihren Gruß kurz und verwundert erwiderte, ließ Camilla ihre Blicke mit unverkennbarer Neugier im Zimmer umherschweifen. »Ich darf Ihnen wohl einen kleinen Besuch machen, Frau Jordan?«

»Aber gewiss! Bitte, nehmen Sie Platz!«

»Nein, danke! Dazu fehlt mir die Zeit.« Sie sah sich nochmals in dem Zimmer um. »Wie hübsch Sie sich eingerichtet haben!« Sie schwieg eine Weile und betrachtete die Stickerei der Tischdecke. »Es ist natürlich nicht der Zweck meines Kommens, Ihnen in die Wohnung zu schauen. Vielmehr wollte ich Sie fragen, warum Sie sich nicht mehr in der Praxis sehen lassen. Ich fühle mich ein wenig schuldbewusst und fürchte, dass ich Sie letzthin ganz absichtslos verletzt habe. Ich hätte mit meiner Meinung besser zurückhalten sollen. Aber es ist nun einmal meine Art, immer offen auszusprechen, was ich denke. Deshalb möchte ich Sie heut um Verzeihung bitten!«

»Ich habe Ihnen nichts zu verzeihen, Frau Stöger. Ich hatte lediglich das Gefühl, dass es Ihnen nicht ganz recht ist, wenn ich die Krankenstation besuche.«

»Das war eine Täuschung! Freilich befindet man sich im Auf und Ab des Betriebes nicht jeden Tag in bester Stimmung. Man kommt sich manchmal wie gerädert vor.«

Lydia wusste nicht, was sie darauf antworten sollte.

Sie glaubte nicht an die Ehrlichkeit der Worte. Nach wie vor lag in den dunklen Augen ein Lauern.

»Nun wird ja die winterliche Einsamkeit des Doktorhauses eine gewisse Abwechslung erfahren, nicht wahr?«, fragte Camilla. »Der Herr Doktor soll Besuch bekommen, einen Studienfreund aus München.«

Lydia war einen Augenblick verwirrt. Richard bekam Besuch? Da wusste sie noch gar nichts davon – oder war damit gar Otto Lenz gemeint?

Sie fühlte den Blick der Krankenpflegerin auf sich und in der Furcht, sie könnte sich verraten, nickte sie schweigend.

»Sie werden sich schon sehr auf diesen Besuch wohl freuen?«

»Weshalb?«

»Der Freund des Doktors soll ein guter und begeisterter Skiläufer sein. Sie werden mit ihm, denke ich, einige Freuden unseres Bergwinters erleben! Der Herr Doktor hat ja kaum Zeit sich ein wenig um Sie zu kümmern!«

»Warum sehen Sie mich so seltsam an, Fräulein Stöger?«

»Tu ich das?«

»Ich habe das Gefühl.«

Camilla lachte. »Ich glaube gar, Sie stoßen sich an meinem Aussehen! Es würde mir aber sehr Leid tun, wenn ich deswegen Ihr Vertrauen nicht gewinnen sollte. Ich war selbst sehr lange Zeit in der Stadt und hatte mit vielen Menschen zu tun. Und ich hab mich mit allen gut vertragen. Darum werden auch wir noch zu einer Freundschaft zusammenfinden! Meinen Sie nicht?«

»Ich hoffe und wünsche es!«

Camilla streckte ihr die Hand hin. »Ich muss nun aber gehen!« Damit lief sie schnell davon.

Lydia aber hörte mit Unbehagen auf das Verhallen ihrer flinken Schritte draußen im Stiegenhaus.

Weder Richard Falger noch seine Mutter hatten sich zu dem erwarteten Besuch geäußert. Es war der alten Frau nicht anzumerken, ob sie überhaupt schon davon wusste. Vielleicht hatte sich Richard bis jetzt gescheut der Mutter die Zustimmung dazu abzunötigen.

Erst nach einigen Tagen, als sie mit den ersten Vorbereitungen für das Weihnachtsfest begannen, nahm die Falger-Mutter dazu Stellung, und zwar ganz unerwartet und mit so viel mütterlicher Güte, dass Lydia davon ergriffen war.

Sie hatten eben Zimtsterne aus dem Teig gestochen und ein volles Blech davon in den Ofen geschoben. Lydia trug eine Hausschürze, hatte die Ärmel ihres Kleides zurückgeschlagen und sah aus wie eine fleißige Hausmutter. Nebenbei hatte sie sich mit dem Knaben zu beschäftigen, der überall mithelfen wollte.

Die Falger-Mutter wog die Zutaten und rührte den Guss. »Wir werden wohl mehrere Tage damit beschäftigt sein«, sagte sie.

Lydia musste lachen. »Solche Mengen? Man könnte meinen, wir müssten ein Hotel damit versorgen!«

»Wir haben einige kranke Kinder auf der Station. Sie werden sich sehr freuen, wenn sie beschenkt werden. Wir machen es jedes Jahr so …«

Das war nun freilich etwas anderes. Dann konnte man mit Eifer drauflosbacken.

»Und dann haben wir heuer auch einen Gast im

Haus, von dem wir nicht wissen, wie viel er davon essen wird.«

Lydia wäre beinahe das Blech aus der Hand gefallen, so sehr war sie über diese Bemerkung erschrocken.

Die alte Frau beobachtete sie und lächelte sehr nachsichtig. »Warum erschrickst du? Ich hab absichtlich bisher nicht darüber gesprochen, damit keine Zweifel aufkommen über das Vertrauen, das ich allzeit in dich gesetzt hab. Freilich hat es mich überrascht, dass dein Herz bereits gewählt hat. Aber man soll der Liebe, wenn sie echt und wahr ist, nichts in den Weg stellen. Man würde sich eines Unrechtes schuldig machen. Du liebst ihn sehr, diesen Mann?«

»Ja.«

»Ist er auch gut?«

Lydia zögerte. »Ja – er ist gut.«

»Schau, dasselbe habe ich auch Richard gefragt, als er die Martha heimführte. Es ist dann ein großes Glück daraus geworden. Das weißt du ja selbst.«

Lydia nickte.

»Wie lange will er bleiben?«

»Ich weiß nicht, wie lange er dem Geschäft fern bleiben kann.«

»Wir setzen in dich das Vertrauen, dass euer Verhalten so sein wird, dass niemand im Haus und im Dorf daran Anstoß nehmen wird. Du weißt doch, wie ich das meine?«

Lydia nickte.

»Ich möchte nichts anderes als dein Glück, Mädchen. Ich bin nur eine einfache Bauersfrau und kenne die große Welt nicht. Vielleicht hab ich deswegen ein wenig Angst um dich. Ich hab erlebt, wie glücklich Richard mit Martha, deiner Schwester, gehaust hat. Er hat sie bis heut nicht vergessen. Ich weiß nicht, wann und ob er nochmals eine Frau suchen wird. Er wird es tun müssen, schon des Kindes wegen. Aber das weiß ich heut schon, dass er nie mehr so glücklich sein wird wie in der kurzen Zeit seiner ersten Ehe.«

Sie brach ab und schwieg eine Weile. »Ach, was rede ich alles zusammen! Der Richard ist gut, fleißig, gewissenhaft, aber er hat halt eine besondere, raue und nicht so leicht verständliche Art, selbst mir gegenüber. Aber ich liebe diese Art an ihm, vielleicht weil ich seine Mutter bin …«

Und dann wandte sie sich wieder der Arbeit zu. »Ich glaub, wir dürfen besser schüren, Lydia! Unsere Backwaren bekommen keine Farbe!«

Lydia ging ins Holzlager, füllte den Korb und warf dann ein paar knorrige Holzklötze in den Ofen. Als der Schein des Feuers über ihr Gesicht zuckte, waren die Züge voll Ernst und Schwermut.

8

Herrlich baute sich die winterliche Kulisse der gewaltigen Hornbachkette auf. Wenn die Sonne schien, dann war ein verlockendes Flimmern über den weißen Bergen, die sich wie Zuckerhüte in das strahlende Blau des Himmels streckten. Oft schaute Lydia in diesen Tagen sehnsüchtig hinauf. Mehr und mehr regte sich in ihr die Lust nach Strapazen und Abenteuern, nach dem Erleben einer wilden Bergfahrt durch die Gletscherstuben, wie

Richard die Kare nannte, in denen die Winde orgelten und am eisigen Gestein aufheulend zerbrachen. Irgendein Vorgang in ihrem Inneren, ein seelischer Aufruhr, hatte eingesetzt und eine Kraft in ihr zum Erwachen gebracht, die nach einer Vereinigung strebte mit der Gewalt und mit dem Trotz der Natur.

Zunächst behielt sie alles still für sich. Sie wusste nicht einmal genau, was sie eigentlich wollte. Sie hörte nur gern zu, wenn Richard Falger bei einer abendlichen Raststunde von seinen früheren Bergfahrten erzählte. Und wenn sie dann fühlte, wie schwer ihm der Verzicht darauf fiel, weil Arbeit und Pflicht seine Zeit bestimmten, dann hatte sie fast Mitleid mit ihm.

Ein paar Mal schon war sie auf Gut Mittersäß gewesen und hatte mit Kunigunde Heimdahl einige nette Stunden verbracht.

Als sie das letzte Mal dort weilte, war der Förster dazugekommen. »Ich gehe jetzt zur Wildfütterung, wenn Sie Lust haben, können Sie mitkommen!«, sagte er zu Lydia.

Lydia wechselte mit der Frau einen Blick.

»Soll das etwa eine Revanche sein?«, empörte sich die Gebieterin von Mittersäß. »Dann muss auch ich Sie jetzt auf Ihre Ungezogenheit aufmerksam machen, Förster, dass man einem anderen nicht einfach den Gast aus dem Haus holt!«

Der Förster schien sich an ihrem Ärger zu belustigen und grinste.

»Wenn Frau Jordan schon in den Wald gehen will, dann habe ich einen anderen Vorschlag«, fuhr die Hausherrin versöhnlicher fort. »Wir werden die Christbäume besorgen. Auch Sie, Frau Jordan, dürfen sich einen aussuchen. Der Herr Doktor bekommt ihn jedes Jahr von uns. Einverstanden?«

Lydia war mit Freuden dabei.

Während der Förster die Axt besorgte, kleideten sich die Damen an. Auf Skiern stiegen sie über das weite weiße Gefilde hinauf zum Bergwald.

Der Förster ging voran. Ab und zu mischte er sich in das Gespräch der beiden Frauen ein und schien nur darauf bedacht zu sein, wo immer es ging, seiner Herrin zu widersprechen. Allmählich aber wurde Lydia klar, dass dem Streit der rechte Ernst fehlte, dass es lediglich ein neckendes Herausfordern war.

Auch beim Aussuchen der Bäume kam es zu Meinungsverschiedenheiten. Jonas setzte nie seine Axt dort an, wo die Herrin es wollte. »Nein, Gebieterin, das wäre ein Waldfrevel! Ein Förster muss erkennen, welcher Schössling es in sich hat, ein richtiger Baum zu werden. Zum Beispiel dieser da! Er ist schön genug für diesen Zweck!« Und er setzte die Axt an und legte das von ihm selbst ausgesuchte Bäumchen um. Kunigunde Heimdahl fügte sich.

Über das Christbäumeschlagen verging der Rest des Tages. Als sie zum Gut zurückkamen, dämmerte es bereits. Trotzdem nötigte die Herrin den Gast noch einmal ins Haus zu einer Tasse Tee. »Der Förster wird Sie heimbringen«, sagte sie. »Er wird inzwischen das Pferd anschirren! Nicht wahr, Jonas?«

Als Lydia dann neben dem Förster im Schlitten saß und mit ihm durch die Dämmerung nach Thalend fuhr, erinnerte sie sich des Tages, an dem sie hier angekommen war. Sie hatte das Gefühl, dass sich inzwischen sehr viel geändert habe. Die Berge, die schweigenden

Wälder, die Stille und Einsamkeit der Landschaft umgaben sie jetzt mit einer fast beseligenden Vertrautheit. Das Fremde, Zurückstoßende, Unwahrscheinliche war gewichen. Jetzt wunderte sie sich fast über ihre Furcht von damals.

Auch der Mann, der da neben ihr im Schlitten saß, war ihr ein Freund. Und wie furchtsam war sie ihm bei der ersten Begegnung gegenübergetreten!

»Wir werden demnächst Besuch bekommen, Jonas!«, sagte sie plötzlich. »Haben Sie es schon gehört?«

»Ja, ich hab es erfahren.«

»Es ist ein Studienfreund meines Schwagers«, setzte sie ein wenig zögernd hinzu.

»So? Das ist eigentlich verwunderlich. Ich habe von ihm nie etwas über Freunde gehört! Merkwürdig, dass er sich plötzlich an alte Bekannte erinnert!«

Da merkte sie, dass er es nicht glaubte. Sein Gesicht verriet Kränkung. »Hoffentlich stört es Sie nicht«, sagte sie.

Jetzt schaute er sie an. In seinen Augen war ein Zwinkern. »Mich stört nur, dass Sie mir immer noch so wenig Vertrauen schenken, Lydia! Ich verstehe die Notwendigkeit dieser Umschreibung; denn die Leute denken über diese Dinge sehr streng. Aber mich braucht man doch nicht zu belügen! Mir können Sie doch wahrlich unbekümmert sagen, wer sich in Wirklichkeit hinter dem Studienfreund des Doktors verbirgt!«

Sie war bestürzt und wagte nicht ihn anzuschauen.

»Ein Mädchen wie Sie, das außerdem aus der Stadt kommt, hat Freunde«, fuhr er fort. »Was ist da schon dabei! Und wenn nun ein solcher Freund in alter Anhänglichkeit nachsieht, wie es Ihnen in diesem verdammten Winterloch wohl gehen mag, dann ist das eine ganz natürliche Sache! So ist es doch?«

Jetzt schaute sie ihn doch an. Sein Lachen war ehrlich, frei von Neugierde und Spott. Er schien sich sogar zu freuen.

»Nein, sagen Sie jetzt nichts!«, fuhr er fort, als er bemerkte, dass sie sich verteidigen wollte. »Sie brauchen sich nicht einmal Gedanken darüber zu machen! Ich wollte Ihnen nur zeigen, dass man dem Förster Jonas nicht irgendeinen Bären aufbinden kann. Er glaubt nicht alles, was die Leute reden. Aber es freut mich für den Doktor, dass es so kommt! Jawohl!«

»Warum gerade für den Doktor?«, wunderte sie sich.

»Vielleicht bringt ihn dieser Umstand endlich auf die Beine!«

Das verstand sie nicht. »Bitte?«

»Ach, verstellen Sie sich doch nicht noch einmal, Fräulein Lydia! Sie wissen genau, was ich meine!«

»Nein, Jonas, ich weiß es wirklich nicht!«

»Dann werden Sie es erleben, dass der Doktor aufwachen wird!«

»Was wollen Sie damit sagen?«

»Dass er Sie liebt!«

Die Bestürzung raubte ihr die Stimme. Sie hatte nur den Mund geöffnet zu einem Ausruf, aber sie schwieg.

»Nun?«, fragte er.

»Ich könnte diesen Witz parieren, Förster, wenn ich behaupten würde, die Herrin von Mittersäß hat sich in Sie verliebt!«

Jetzt war es an ihm, bestürzt dreinzuschauen. »Verdammt! Wir kommen auf die unsinnigsten Gedanken!

Das macht wohl der Weg unter den schweigenden Schneebergen! Meinen Sie nicht auch?«

»Ja, man kommt sich bisweilen vor wie auf einem fremden Stern!«

Dann fielen sie beide in ein tiefes Schweigen.

»Waren Sie schon einmal in den Gletscherstuben?«, fragte er nach einer Weile.

»Nein. Wie sollte ich?«

»Nun ja, einmal sollte man schon dort gewesen sein, wenn man sich nicht davor fürchtet, sich ein paar Knochen zu brechen oder gar als Gefrierfleisch von den Füchsen ausgescharrt zu werden!«

Sie musste lachen. »Jetzt übertreiben Sie doch? Richard war doch schon mehrere Male dort.«

»Ich auch!«

»Dann könnten Sie mich einmal führen, falls Richard keine Zeit hat. Oder geht das nicht?«

»Ich weiß nicht, ob Sie es schaffen. Aber ich will mit dem Doktor darüber sprechen. Vielleicht wird etwas daraus!«

»Ich danke Ihnen!«

Der Schnee knirschte unter den Kufen. Es gab wieder eine sehr kalte Nacht. Am Himmel blitzten die ersten Sterne.

Nach einigem Schweigen regte sich der Förster wieder. »Nun sagen Sie mir noch, wie kamen Sie vorhin zu dem witzigen Vergleich? Als ob die Herrin von Mittersäß sich in ihren Förster verlieben könnte!« Er lachte laut vor sich hin.

»Ebenso könnte ich Sie fragen, wie kommen Sie zu der Annahme, dass der Besuch im Doktorhaus für mich ist?«

Er schaute sie schelmisch an. »Bei einiger Aufmerksamkeit ist es durchaus nicht schwer zu erraten. Sie haben sich in den letzten Tagen merklich verändert. Man kann Ihnen das Glück förmlich vom Gesicht ablesen!«

Sie fühlte, wie ihr das Blut in den Kopf stieg.

»Und welche Gründe veranlassen Sie einen so gewagten Vergleich zu ziehen?«, lauerte er.

»Aus den gleichen – «

Da klopfte er ihr auf die Knie und brach in ein schallendes Gelächter aus. »Sie sind ein Prachtmädel! Jawohl! Von heute ab sind wir Freunde! Merken Sie sich das! Ich werde alles für Sie tun, und müsste ich Sie ganz allein zu den Gletscherstuben hinaufführen!«

Es kamen wieder Stürme und Schneefälle, es gab Tage, an denen ein eisiger Frost durch das Tal hauchte und alles Leben erstarren ließ, dann wieder Föhn, bei dem die Dächer der Häuser tropften. Weihnachten war nicht mehr fern.

Und eines Tages stand Otto Lenz vor der Tür des Doktorhauses von Thalend. Er war auf Skiern gekommen. Sein Wagen stand in Stanzach im Schuppen eines Bauern. Er hatte schon seine liebe Not gehabt, um so weit zu kommen.

Wie sehr Lydia auch den Tag seiner Ankunft herbeigesehnt hatte und wie glücklich sie war, als sie ihn endlich sah, so ging doch damit der ruhige Abschnitt ihres Bergwinters zu Ende.

Nicht dass es innerhalb der Hausgemeinschaft zu Spannungen gekommen wäre, im Gegenteil, die Falger-Mutter zeigte sehr viel Verständnis für diesen Mann und Richard erwies sich als ein freundlicher, besorgter Gastgeber, dem nur daran gelegen war, dass der Fremde sich in seinem Haus wohl fühlte. Soweit es ihm die Zeit erlaubte, ließ er sich herbei zu abendlichen Unterhaltungen, er lud ihn sogar ein mit ihm zur Krankenstation zu kommen, wenn die Frauen gerade keine Zeit hatten sich ihm zu widmen.

Selbst der kleine Konrad freundete sich alsbald mit dem Mann aus der Stadt an, der so wunderschöne und spannende Geschichten zu erzählen wusste.

An schönen Tagen, wenn die Sonne in das Tal fiel, zogen Lydia und Otto auf Schneeschuhen in die Berge, sie stiegen hinauf zu den verschneiten Höhen, fuhren durch schweigende Wälder und waren glücklich in ihrer Zweisamkeit inmitten der winterlichen Natur.

»Ich möchte, dass du mit mir zurückkehrst in die Stadt«, sagte er einmal, als sie eine kleine Rast machten. »Meine Angelegenheiten sind nun so weit geordnet, dass wir in Bälde wohl schon heiraten können.«

Sie sagte nichts. Aber ihre Antwort vermochte er von ihren Augen abzulesen. Es war eine selige Bereitschaft.

»Ich hatte damals das Gefühl, als wolltest du mir davonlaufen«, fuhr er zärtlich fort. »In meiner Angst sah ich mich oft von bösen Gespenstern umgeben, die dich von mir trennen wollten. Dein überstürzter Abschied von München und deine Flucht hierher hatte ich zunächst als ganz übles Vorzeichen empfunden. Ich darf deine Liebe nie verlieren, Lydia! Nie! Hörst du? Sie bedeutet den einzigen Wert meines Lebens!«

So kam Weihnachten heran.

Am Abend saßen sie alle beisammen in der Stube des Doktorhauses. Auch Camilla war anwesend. Sie war etwas später gekommen, weil Krankheit und Leiden auch an diesem Abend nicht schweigen wollten. Sie durfte auch nicht lange bleiben. Am Vormittag noch war es zu einer dringenden Operation gekommen.

Lydia erbot sich für ein paar Stunden die Wache zu übernehmen, damit Camilla auch einmal zu Ihrem Recht auf Freizeit komme. Davon wollte die Krankenschwester jedoch nichts wissen.

Aber da betraute Richard Falger sie selbst damit.

So kam es, dass Lydia am Heiligen Abend bei einem frisch Operierten saß und auf seinen Pulsschlag achtete. Es war ein älterer Mann, ein bedauernswerter Mensch. Denn sein leises Stöhnen verriet den Schmerz oder die Not, unter der er zu leiden hatte. In vorgeschriebenen Abständen musste sie ihm ein schmerzstillendes Medikament reichen. Sonst konnte sie nichts für ihn tun.

Merkwürdig, wie sie sich gleich zurechtfand! Mit welcher Ruhe und Sicherheit sie an das Bett des Kranken trat! Sie fand tröstliche Worte und vermochte dem bleichen Gesicht ein hoffnungsvolles Lächeln abzulocken.

Zwischendurch ging sie in das Arztzimmer, studierte die Titel der Bücher im Regal, sah den Schrank der Krankenschwester. Immer wieder trat diese Frau in ihren Gedankenkreis als rätselvolles Menschenwesen, vor dem sie nach wie vor Angst hatte.

Einmal läutete das Telefon. Es war Otto, der sich nach ihrem Ergehen erkundigte. Dann herrschte wieder grenzenlose Stille um sie. Es war wohl die denkwürdigste Heilige Nacht ihres Lebens. Und doch konnte sie nicht sagen, dass sie traurig sei. Es lag wohl in der Art ihres Tuns, dass sie sogar eine stille Befriedigung fühlte.

Als sie gerade wieder nach dem frisch operierten Patienten sehen wollte, stand plötzlich Richard vor ihr. »Du?«, staunte sie.

»Überrascht dich das so?«

»Natürlich. Hast du denn etwas zu tun?«

»Nicht lange. Aber ich muss mich doch auch einmal um meinen Schwerkranken kümmern.«

»Es geht ihm gut.«

»Das freut mich!«

Der Arzt kontrollierte den Puls, sprach dann ein paar leise Worte mit dem Patienten, um seine Reaktionsfähigkeit zu beobachten. Dann nickte er zufrieden.

»Willst du mitkommen?«, fragte er Lydia.

»Gern.«

Sie gingen ins Arztzimmer. Er hatte keine Eile und setzte sich. »Nimm doch ein wenig Platz!«, bat er sie.

Sie setzte sich.

»Es war sehr nett von dir, Camilla gerade heute abzulösen!«, lobte er. »Ich begreife nur nicht, warum du es getan hast!«

»Das weiß ich selbst nicht.«

»Geschah es aus Erbarmen mit dem Kranken oder mit der Pflegerin, die Jahr und Tag wie ein Kettenhund hier festhängt?«

»Ich weiß es nicht. Ich wollte einfach einmal etwas Nützliches tun!«

Er war über ihre Antwort ein wenig bestürzt. »Dann hab ich allen Grund dir zu danken, Lydia! Manchmal habe ich das Gefühl, als ob Camilla immer noch nicht deine Sympathie gefunden hat. Oder täusche ich mich?«

»Nein, du täuschst dich nicht. Dein Fräulein Camilla ist mir nicht gut gesinnt!«

Da musste er lachen. »Ich versteh dich nicht, Lydia! Welchen Grund könnte das Mädchen haben?«

Sie antwortete nicht.

In diesem Augenblick läutete das Telefon. Er griff nach dem Hörer und meldete sich, aber sein Gesicht entspannte sich sogleich wieder. Es war eine Männerstimme, die aus der Muschel dröhnte, und Richard lachte ein paar Mal laut auf. »Ich wünsche dir und deiner Herrin dasselbe! – Ja – Moment, sie ist selbst hier!« Damit reichte er Lydia den Hörer. »Der Förster von Mittersäß.«

Lydia ergriff freudig den Hörer. »Hallo, junge Freundin!«, kam es vom anderen Ende der Leitung. »Ich möchte Ihnen nur gesegnete Weihnachten wünschen, liebe Lydia, von hier aus meinem Hausarrest in Mittersäß!«

»Danke, lieber Förster! Ihnen dasselbe! – Aber wer hat Sie denn eingesperrt?«

»Kein Dümmerer als ich selbst. Ich hab nun einmal so eine verdamme Schwäche für die Einsamen. Verstehen Sie? Was meinen Sie, wie es heut bei uns in Mittersäß zugeht? Schade, dass Sie nicht hier sein können! Wir sitzen in der Dienstbotenstube und unsere Herrin und Gebieterin – die Sie übrigens herzlich grüßen lässt – ist mitten unter uns! Sie ist heut unser Gast und fühlt sich sichtlich wohl dabei! Nun, Sie haben es ja damals schon beinahe erraten: Der Förster Jonas wird einmal mitten im Streit sein Herz verlieren!« Er lachte, dass die Muschel hallte.

»Und ich wünsche Ihnen Glück dazu!«

Der heitere Anruf hatte sie beide aus den trüben Gedanken gebracht.

»Wetten wir, dass die Herrin von Mittersäß und ihr Förster noch einmal ein Paar werden?«, fragte sie.

»Woraus schließt du das ?«

»Aus meinen leisen Beobachtungen!«

»Du bist sehr klug. Ich wette lieber nicht!«

Sie hörten eine Tür gehen.

»Das ist Camilla«, sagte er. »Du bist also wieder frei! Es ist ohnehin schon bald Zeit zur Christmette.«

»Du gehst zur Mette?«

»Wundert dich das?«

»Nein. Darf ich dich begleiten?«

Er schaute sie beglückt an. »Ist das dein Ernst? Dann finde ich es großartig!«

Durch das Fenster drang jetzt das Läuten vom Turm der Dorfkirche.

»Darf ich dich heut um etwas bitten, Richard?«

»Aber natürlich! Du weißt, dass ich alles für dich tu.«

»Alles?«

»Alles, was nicht gegen die Vernunft ist.«

»Führe mich zu den Gletscherstuben!«

Er war sprachlos. »Das ist in der Tat gegen die Vernunft, Mädel!«

»Ich bitte dich darum!«

»Wozu? Es ist doch ein Unsinn! Was meinst du, wie dort die Schneestürme gehen? Von der Gefahr durch die Gletscherspalten gar nicht zu reden! Man riskiert sein Leben!«

»Trotzdem! Ich will zu den Gletscherstuben! Wenn du nicht willst, dann wird es der Förster von Mittersäß tun!«

»Bist du denn auf einmal verrückt geworden? Du schaffst es nicht, Lydia!«

»Und ob ich es schaffe! Du wirst dich wundern! Auch Otto möchte dabei sein! Bitte, Richard, führ uns in die Gletscherstuben!«

Er schwieg lange und nachdenklich. »Lass mir ein paar Tage Bedenkzeit! Ich kann mich im Augenblick nicht entscheiden. – Und jetzt komm! Wir müssen uns fertig machen zur Mette!«

Die Glocken läuteten noch, als sie zur Kirche gingen. Sie waren allein. Die Falger-Mutter blieb daheim beim Kind, Camilla wachte bei den Kranken – und Otto Lenz war mit einem sarkastischen Bedauern zurückgeblieben. Er sei doch nicht fromm genug, um so heiligen Handlungen ohne Falsch beiwohnen zu können, hatte er gesagt.

Damit enttäuschte er Lydia eigentlich ein wenig und das erste Mal war sie mit ihm nicht ganz zufrieden. Dann hätte er wenigstens ihretwegen mitgehen können. Sie fühlte sich verletzt und machte sich nicht ohne Trotz an die Seite ihres Schwagers, um sich dem nächtlichen Kirchgang anzuschließen.

Sie schauten auf die blinzelnden Lichtlein, die auf allen Höhen auftauchten und langsam zur Kirche herab wanderten, weiß Gott, auf welch mühevollen Wegen. Auch von Mangboden her kamen die nächtlichen Kirchgänger.

»Ich kann mich nicht genug über dich wundern, Lydia!«, sagte Richard plötzlich.

»Weshalb?«

»Weil du dir diese Mühe machst. Man muss die Einfachheit des Herzens bewahrt haben, um an solcherlei Feiern teilzunehmen. Es sind fast lauter Bauern, die wir in der Kirche sehen werden. Es erwartet dich kein großartiges Erleben. Herr Lenz mag das eingesehen haben, deshalb hat er sich auch nicht angeschlossen.«

»Das Großartige findet sich gerade nicht im Lauten und Glanzvollen. Vielleicht geh ich aus demselben Grund zur Kirche wie du!«

»Ich wünsche es! Ich lebe hier in diesem Dorf. Vielleicht gehen wir nur aus Gewohnheit zur Kirche. Aber du, du hast dich dazu entschieden! Du findest den Weg zur Weihnachtsmette in Thalend! Deine Eltern und deine Schwester würden sich freuen! Und ich freu mich auch, Lydia!«

Und während sie nun zum Kirchberg hinaufstiegen und die zugerufenen Segenswünsche der Menschen erwiderten, erloschen im Doktorhaus die Lichter. Die Falger-Mutter brachte noch schnell die Stube ein wenig in Ordnung, dann ging sie in ihre Schlafkammer, um eine stille Andacht zu halten. Zuvor schaute sie noch in die Kammer des Kindes. Vor dem Bettchen lagen all die neuen Spielsachen, die das Christkind gebracht hatte. Der Knabe aber schlief glückselig in den Kissen.

Die alte Frau neigte sich über ihn und machte ihm das Zeichen des Kreuzes auf die Stirn, wie sie es jeden Abend tat, dann löschte sie das Licht und ging.

Im Haus war alles still. Ein wenig später ging dann doch wieder eine Tür. Otto Lenz stieg leise die Treppe hinab und drückte kurz auf die Klingel an der Station.

Ohne dass jemand bei der abendlichen Feier etwas bemerkte, hatte er mit Camilla Stöger diesen Besuch verabredet. Sie hatte ihm bei günstiger Gelegenheit zugeflüstert, dass sie ihm etwas sehr Wichtiges mitzuteilen habe, etwas, das sich nicht mehr lange aufschieben lasse, wenn er nicht das Glück seines Lebens gefährden wolle. Auch die Stunde des nächtlichen Kirchganges, in der keine Überraschung zu befürchten sei, hatte sie bestimmt.

Seitdem sich Otto Lenz im Doktorhaus von Thalend aufhielt, hatte er sich mit der intelligenten Krankenschwester schon manche Stunde unterhalten. Sie kannten sich schon recht gut. Trotzdem fand er diese Einladung etwas merkwürdig. Neugier und Unruhe waren zugleich in ihm erwacht, daher konnte er die Begegnung mit Camilla kaum erwarten.

Sie öffnete ihm und führte ihn in das Arztzimmer. Dort bot sie im Platz an. In ihren Augen war jetzt ein leidenschaftliches Lauern.

»Was haben Sie mir denn zu sagen, Camilla?«

Sie überlegte eine Weile, dann erst begann sie: »Es geht das Gerede, dass Sie als Freund des Doktors in diesem Haus zu Besuch sind. Die Leute glauben natürlich daran und finden alles in bester Ordnung. Das sollte wohl auch der Zweck der Lüge sein. Ich selbst wusste von Anfang an, dass Sie nicht als ein Freund des Doktors, sondern als der Verlobte von Lydia nach Thalend gekommen sind. Sie selbst hat es mir einmal gestanden, dass sie verlobt sei.«

»Wenn Sie schon so genau orientiert sind, dann bitte ich Sie wenigstens um Verständnis für diese kleine Zwecklüge, wie Sie es nennen. Aber das allein ist es wohl nicht, was Sie heut zu sagen haben?«

»Nein.« Sie zögerte jetzt. In ihren dunklen Augen lag der Ausdruck einer unverkennbaren Erregtheit. »Ich habe Sie in diesen wenigen Tagen schätzen gelernt als einen Mann, der es wert ist, geachtet zu werden«, begann sie plötzlich. »Und es würde mir aufrichtig Leid tun, wenn Sie eines Tages vor einer bitteren Enttäuschung stünden.«

Er war bestürzt. »Vor einer Enttäuschung?«, fragte er. »Ich verstehe nicht, welcher Art diese Enttäuschung sein soll. Ist denn etwas geschehen? Von welcher Gefahr sprechen Sie, Camilla?«

»Von der Gefahr einer erlöschenden Liebe! Verstehen Sie das?«

»Nein.«

Sie sah ihn mit brennenden Augen an. Ihr Gesicht war bleich geworden, ihr Atem ging rasch. Die Erregung bekam immer mehr Gewalt über sie. In diesem Augenblick wirkte ihr Aussehen geradezu abstoßend. Er stellte dies fest und war daran, sich zu erheben und zu gehen.

Da fuhr sie fort zu sprechen: »Sie haben wohl noch keine rechte Vorstellung davon, welche Wirkungen der Bergwinter von Thalend auf die Menschen ausübt, zumal auf sensible Gemüter. Ich weiß, was Sie nun denken: dass ich eine törichte Frau sei, die aus eigensüchtigen Gründen einen Skandal heraufbeschwören möchte. Es würde mir aber Leid tun, wenn Sie eines Tages meine Beobachtungen als berechtigt anerkennen müssten. Denn dann ist es zu spät, Herr Lenz!«

»Aber das ist doch ein blanker Unsinn, Camilla! Sie wollen doch nicht im Ernst sagen, dass mir die Liebe meiner Braut verloren geht!«

»Genau das will ich sagen!«

»Und an welchen Mann könnte ich sie verlieren?«

»An Doktor Richard Falger.«

Er lächelte.

»Sie sollten nicht darüber lächeln, Herr Lenz«, fuhr sie unbeirrt fort. »Niemand vermag den Lauf der Dinge besser zu erkennen als ich, wo ich doch jeden Tag mit dem Doktor zu tun habe. Ich kann Ihnen sagen, dass er sich verwandelt hat seit jenem Tag, an dem Lydia Jordan zu uns gekommen ist. Vielleicht ist dies ein kleiner Beweis für die Richtigkeit meiner Behauptung. Ich möchte nicht haben, dass Sie eines Tages vor vollendeter Tatsache stehen, die keine Macht der Welt mehr umzustoßen vermag!«

Sein Gesicht trug jetzt einen Ausdruck von Hilflosigkeit. »Und was meinen Sie, was ich nun dagegen tun könnte?«

»Sie müssen wieder Gewalt über Lydia bekommen und versuchen sie fortzubringen von hier, zurück in die Stadt. Die große Welt mit ihren Einflüssen und Zerstreuungen wird die Erinnerung an die Tage in Thalend verwehen. Jetzt ist es noch Zeit! Aber Sie müssen bald handeln!«

»Ich weiß nicht, was Sie dazu bewogen hat, so offen zu sprechen, Camilla, und schließlich sollen mir die Gründe auch gleichgültig sein. Jedenfalls danke ich Ihnen für Ihre Mitteilung!« Er erhob sich.

Sie begleitete ihn vor die Tür und mit einem stummen, raschen Händedruck verabschiedeten sie sich. Lange dauerte es nicht mehr, bis die Leute von der Mette zurückkehrten.

9

Diese heimliche nächtliche Unterredung blieb zunächst ohne Folgen. Otto Lenz hatte sich so fest unter Kontrolle, dass nichts an ihm den Argwohn verriet, der seitdem in seinem Herzen bohrte. Er zeigte sich Lydia gegenüber aufmerksam und zärtlich, er begegnete Doktor Falger in gewohnter Höflichkeit und die Tage verliefen fernerhin in bester Harmonie.

Doch eines Tages geschah dann etwas, wodurch die Beherrschung auf eine harte Probe gestellt wurde. Zunächst ging es allerdings Doktor Richard Falger ganz allein an; der aber hatte sich in Gewalt, so dass kein Mensch, nicht einmal seine eigene Mutter, den Schock wahrnahm, den er in der Tat davongetragen hatte.

In diesen Tagen erhielt er von seinem Vertrauensmann Antwort auf die Anfrage, und zwar einen mehrere Seiten langen Brief von solch erschütterndem Inhalt, dass Tage darüber vergingen, ehe er sich von seiner Fassungslosigkeit erholte.

Otto Lenz, so hieß es in dem Schreiben des ehemaligen Studienkameraden, gelte hier allgemein als ein sehr tüchtiger, kluger und erfolgreicher Wissenschaftler. Seine Beschäftigung in einem großen Münchner Werk beanspruche ihn zumeist über die normale Zeit hinaus. Seine Vermögensverhältnisse seien gut. Auch über sein Privatleben lasse sich nichts Nachteiliges sagen, allerdings lebe er seit einem Jahr von seiner Frau und einer sechsjährigen Tochter getrennt. Zur Zeit laufe sogar ein Antrag auf Ehescheidung, wiewohl der Termin hierzu noch nicht festliege. Die Gründe der Scheidung seien unbekannt. Möglicherweise seien sie in seinen Beziehungen zu einer anderen Frau zu suchen. Seine Frau wohne zusammen mit dem Kind im Augenblick in einem Vorort von München …

Als Richard Falger das las, überkam ihn ein ohnmächtiger Zorn auf diesen Mann, der mit so viel Unverschämtheit das Vertrauen des Mädchens missbrauchte und eine ahnungslose erste große Liebe in ihm zum Erwachen gebracht hatte. Er war nahe daran, ihn unverzüglich aus dem Haus zu jagen. Aber der Gedanke an Lydia, an die seelische Erschütterung, die eine solche Plötzlichkeit in ihr hätte hervorrufen müssen, ließ ihn von einem Tag zum anderen zögern. Ja, er musste handeln, aber mit Überlegung. Er musste Lydia nach und nach an die Tatsachen heranführen, wusste er doch um ihre Liebe zu diesem Mann. Womöglich hätte sie ihm nicht einmal geglaubt und in trotziger Auflehnung und Empörung einen Weg beschritten, auf dem sie vielleicht zugrunde ging. Das durfte nicht sein!

Niemand im Haus wunderte sich darüber, dass Richard Falger jetzt zeitig nach dem Abendessen vom Tisch aufstand und mit einem »Gute Nacht!« in sein Arbeitszimmer verschwand. Sicher hatte er wieder eine wissenschaftliche Frage zu lösen, die ihn beschäftigte! So dachte man.

In Wirklichkeit suchte er sorgenvoll nach einer Entscheidung.

Er musste zunächst mit dem Mann selbst sprechen und ihn dazu zu bewegen versuchen, sich selbst dem betrogenen Mädchen zu bekennen. Es stand für ihn außer allem Zweifel: Lydia hatte keine Ahnung, dass sie ihre Liebe einem verheirateten Mann zugewandt hatte. Denn bewusst machte sie sich nicht mitschuldig an der Zerstörung einer Ehe, einer Familie! Das widersprach ihrem Charakter, ihrer Auffassung von Pflicht und Gebot, ihrer Religiosität, ihrem ganzen Wesen …

Richard Falger zögerte. Es vergingen Tage.

Und Otto Lenz, an dem die Eifersucht nagte, fing bereits an das Mädchen zu einer Rückkehr in die Stadt zu bewegen.

Lydia zeigte sich noch ablehnend. Sie wollte es der Mutter und dem Kind, das mit immer größerer Innigkeit an ihr hing, nicht antun sie dem grausamen Winter von Thalend allein zu überlassen.

Aber die teuflische Saat Camillas war aufgegangen und trug die ersten Früchte. Mehr und mehr legte Otto jetzt die vornehme Zurückhaltung ab, die sie so sehr an ihm geachtet hatte. Einmal geschah es sogar, dass er mitten in der Nacht unter irgendeinem Vorwand in ihr Zimmer einbrach und so viel Leidenschaftlichkeit zeigte, dass sie erschrak.

»Sind wir denn nicht schon Mann und Frau?«, fragte er. »Was dazu noch fehlen mag, sind behördliche Formalitäten, die wir uns beschaffen werden, sobald du dieses verdammte Dorf hier verlassen hast!«

»Bitte, geh auf dein Zimmer!«, bat sie. »Ich weiß nicht, was geschieht, wenn mein Schwager uns so sieht!«

»Dein Schwager! Ich höre nur immer das Wort Schwager! Wie lange willst du noch die Geduld eines Mannes auf die Probe stellen? Ist dir überhaupt klar, was es für mich bedeutet, Tage und Wochen mit dir unter dem gleichen Dach zu wohnen, als wären wir bloß wie gute Freunde?«

Als er endlich gegangen war, rang sie um eine harte Entscheidung. Sie sah ein, dass nun etwas geschehen musste. Die Liebe pochte auf ihr natürliches Recht. Und in dieser Nacht noch entschloss sie sich zur Rückreise nach München.

Am nächsten Tag suchte sie Richard allein zu sprechen. Sie wollte ihn von der Notwendigkeit ihres Abschiedes unterrichten und überzeugen.

Es war ihm nicht anzumerken, welche Wirkung diese unerwartete Mitteilung auf ihn hatte. Sein Gesicht blieb unbeweglich. »Schade!«, sagte er nur. »Ich hatte mich dieser Tage eben dazu entschlossen, dich nun doch zu den Gletscherstuben hinaufzuführen.«

War das sein ganzes Bedauern? Sie war ein wenig enttäuscht. »Wenn ich dich bäte es bald zu tun, dann könnte ich doch noch mit dabei sein.«

»Wann willst du abreisen?«

»Auf einen Tag kommt es natürlich nicht an.«

»Gut. Vielleicht können wir morgen schon aufsteigen. Das Wetter ist gerade passend. Ich müsste nur schnell meinen Kollegen Warmanns verständigen, damit er für etwaige dringende Fälle bereit ist.«

»Ja, bitte!« Jetzt war sie sehr begeistert. »Und den Förster von Mittersäß nehmen wir doch mit?«

»Wenn er Zeit hat.«

»Ich werde ihn anrufen. Er muss sich eben Zeit nehmen!«

Freudig wie ein Kind, das seinen größten Wunsch in Erfüllung gehen sieht, eilte sie von ihm weg und machte die gute Nachricht im ganzen Haus bekannt.

Als Richard Falger am Abend aus der Praxis zurückkam, fand er alles auf das sorgfältigste für den Aufstieg vorbereitet. Ski, Ausrüstung, Proviant, alles lag griffbereit.

»Der Förster kommt mit!«, rief Lydia ihm entgegen.

Man ging an diesem Abend zeitig zur Ruhe. Der kommende Tag würde viel Kraft und Ausdauer erfordern.

Lydia hatte die Stube bereits verlassen, als der Doktor Herrn Lenz um eine Unterredung bat. »Ich möchte etwas Dringendes mit Ihnen besprechen. Gestatten Sie, dass ich Sie auf ihrem Zimmer aufsuche?«

Seine Worte klangen nüchtern. Trotzdem schaute Otto Lenz fragend zu dem Hünen auf. Gab es etwas zu beraten für den morgigen Tag? Oder betraf es persönliche Angelegenheiten? »Natürlich gestatte ich es Ihnen.«

Und als sie dann wenig später im Fremdenzimmer einander gegenüberstanden, verdüsterten sich die Züge des Doktors zusehends. »Lydia hat mich heute davon unterrichtet, dass sie demnächst mit Ihnen nach München zurückreisen wird. Es kommt eine wenig überraschend, denn es war bis jetzt nie die Rede davon.« Otto Lenz nickte. »Ich wollte es so«, gestand er. »Den Zustand, so wie er jetzt ist, finde ich unnatürlich und – ich möchte es frei gestehen – unerträglich.«

Im Gesicht des Doktors regte sich kein Muskel. »Wirklich? Man hat Ihrem Zusammensein mit Lydia keinerlei Beschränkung auferlegt. Sie konnten jeden Tag mit ihr ausgehen, mit ihr plaudern, Sie hatten sie ständig um sich. Unerträglich war dieser Zustand also nicht. Kurz, ich bin mit der Abreise Lydias nicht einverstanden. Das wollte ich Ihnen sagen. Sollten jedoch Ihre

Geschäfte ein längeres Verweilen nicht gestatten, dann lassen Sie wenigstens Lydia noch einige Zeit bei uns!«

Otto Lenz horchte auf. Sein Argwohn wuchs. Er fand jetzt bestätigt, was er nicht hatte glauben wollen. »Liegt Ihnen denn so viel daran, Herr Doktor?«

»Ja. Unser Winter dauert noch lange. Meine Mutter ist einsam und das Kind hat sich an Lydia gewöhnt. Es schaut zu ihr auf wie zu einer Mutter!«

»Und Sie? Bitte, sagen Sie doch die Wahrheit, Herr Doktor! Sie wollen eine Liebe zerstören, die nun schon über ein Jahr besteht! Ist es nicht so?«

»Reden Sie keinen Unsinn, Mann!«

»Es ist höchste Zeit, dass Lydia von hier wegkommt! Sie muss zurück in die Stadt und vergessen, was hier war! Wir werden heiraten!«

Die Leidenschaftlichkeit des Mannes versetzte den Doktor in Erstaunen. Sein Blick wich nicht von seinem Gesicht, er wurde zusehends schärfer. »Ihrer Heirat steht noch einiges im Weg, Herr Lenz!«

»Was soll denn im Wege stehen?«

»Ihre Frau! Sie sind doch verheiratet!«

Wenn er ihm statt dessen ins Gesicht geschlagen hätte, der Chemiker hätte nicht bestürzter sein können. Seine eben noch stolze Haltung brach zusammen. »Sie hat es Ihnen gesagt?«, sagte er fast tonlos.

»Nein. Wie sollte sie auch? Sie weiß es wohl gar nicht. Die Menschen in der Stadt halten uns für dumme, ungewandte Bauern. Trotzdem kann ich Ihnen versichern, dass wir bezüglich Menschenkenntnis den Männern der sogenannten großen Welt einiges voraushaben. Ich habe Ihnen nie ganz getraut, Herr Lenz, und ich war es dem Andenken meiner verstorbenen Frau, ihrer Eltern schuldig, mich um das Glück Lydias ein wenig zu kümmern. Deshalb war ich so frei mir meine Befürchtungen von anderer Seite bestätigen zu lassen. Ich habe mit dem Mädchen selbst noch nicht darüber gesprochen. Aber es muss etwas geschehen. Deshalb erwarte ich von Ihnen, dass Sie Lydia die volle Wahrheit gestehen, nämlich, dass Sie nicht heiraten können! Aber ich erwarte nicht, dass Sie sich jetzt wie ein Feigling davonmachen und sich den Konsequenzen entziehen!«

Mit ruhiger, fester Stimme hatte Richard Falger gesprochen. Seine Anklage war beendet und nun schwieg er.

»Ihre Information ist nicht ganz vollständig, Herr Doktor«, antwortete jetzt der Chemiker. »Man müsste Ihnen eigentlich auch berichtet haben, dass ich vor der Scheidung stehe!«

»Das ist im Augenblick ganz ohne Bedeutung. Ich kann Ihnen heute schon sagen: Meine Schwägerin heiratet keinen geschiedenen Mann! Das ginge nicht allein nur gegen ihren Charakter. Sie wird wahrscheinlich darauf verzichten, ihr Glück auf dem Unglück Ihrer ersten Frau aufzubauen.«

»Sie hat mir wiederholt ihr Jawort gegeben, Herr Doktor! Meine erste Ehe war unglücklich. Warum soll eine zweite nicht glücklicher sein können? Wir haben beide den Willen dazu, Lydia und ich!«

»Weil sie nicht wusste, dass Sie eine Frau und ein Kind haben!«

»Doch, sie weiß es.«

Richard Falger stand einen Augenblick bestürzt vor ihm. In seinem Gesicht war jetzt ein Zucken. Ein paar

Mal wechselte es die Farbe. »Das – das ist doch nicht wahr?«

»Doch, es ist wahr. Ich habe nie ein Hehl aus meinen Verhältnissen gemacht!«

Eine Weile war es totenstill zwischen ihnen. Ihre Blicke hafteten durchbohrend aneinander.

Dann ging Richard Falger zur Tür. Er wandte sich noch einmal nach dem Mann um. »Wir müssen schauen, dass wir zur Ruhe kommen, Herr Lenz. Der Weg zu den Gletscherstuben erfordert ganze Kerle! Gute Nacht!«

Die Gewalt des Winters erfuhren die vier – der Förster von Mittersäß hatte sich pünktlich eingestellt und sich der Expedition angeschlossen –, als sie über die ersten tausend Meter angestiegen waren. Doktor Falger führte, der Förster übernahm die Nachhut, wie er es nannte, und zwischen den beiden gingen hintereinander Lydia und Otto Lenz.

In zweitausend Metern Höhe stießen sie endlich auf eine Hütte, auf das Zunderhaus, benannt nach seinem Besitzer Balthasar Zunder, einem biederen Tiroler, der früher einmal Bergführer gewesen war und sich heute als lustiger Wirt seines Daseins freute. Hier trafen sie, was Lydia kaum zu hoffen gewagt hatte, die ersten Menschen an. Es waren nur ein paar junge, kräftige Skiläufer mit braunen Gesichtern, die hier oben ihren Winterurlaub verbrachten.

Als sie der Hütte zugingen, erschien auch schon Balthasar Zunder unter der Tür. »Grüß Gott, Doktor!«, rief er erfreut. »Wohin? Doch nicht in die Gletscherstuben?«

»Gerade dorthin will ich, Balthasar!«, antwortete Richard Falger in lockerem Ton.

»Aber heut nicht mehr!«

»Nein. Morgen.«

Sie folgten dem Wirt in die Stube und machten Rast. Der Wirt bereitete ihnen ein gutes Lager und erklärte sich bereit sie rechtzeitig zu wecken.

Am nächsten Morgen stand Richard Falger mit dem Wirt vor der Tür. Sie schauten prüfend zum Himmel.

»Zu einem Einstieg in die Gletscherstuben kann ich nicht raten, Doktor!«, sagte der Wirt. »Die Wolken gefallen mir nicht. Es wird Sturm geben!«

»Bis dahin sind wir zurück, Balthasar!«

Der Wirt schüttelte bedenklich den Kopf und schwieg eine Zeit lang. »Wir haben heuer schon ein paar Mal einen Witterungsumschwung erlebt!«, sagte er dann.

Sie kehrten in die Stube zurück und Richard Falger beriet sich mit seinen Begleitern.

Aber keiner wollte etwas hören von Umkehr.

Otto Lenz sprang auf. In seinen Augen brannte ein leidenschaftliches Feuer. Man wusste nicht mehr, wie man mit ihm daran war. Er hatte sich verändert. »Jetzt erst recht!«, rief er. »Wir sind doch keine Kinder!«

Lydia war viel zu unerfahren, um die Bedenken Richards in ihrer ganzen Bedeutung zu verstehen. Auch sie war für einen sofortigen Aufbruch in die Gletscherstuben. »Wozu haben wir uns dann geplagt? Gehen wir doch weiter!«

Der Förster zwinkerte Richard Falger zu. »Du siehst, wir haben lauter mutige Leute bei uns! Es wird gehen!«

»Gut, gehen wir!«, entschied der Doktor.

Trotz nochmaliger Warnung des Wirtes brachen sie auf und gelangten gegen Mittag unter manchen Schwierigkeiten in die Gletscherstuben.

Alle gingen am Seil, tasteten sich über Wächten und Firne, stemmten sich gegen den Wind und wehrten den Eisriesel ab, den er ihnen bisweilen ins Gesicht warf. Von Sprechen und Unterhaltung war längst keine Rede mehr. Sie mussten all ihre Kräfte anspannen um vorwärtszukommen.

Aber nur kurz erlebten sie dann das große Wunder der Natur. Sie blickten hinab in ein weites Kar, das einem mächtigen Krater glich, sie sahen die vielen aufgerissenen Stuben, in denen der Schnee in unzähligen Windhosen wirbelte. Dabei ertönte ein vielstimmiges Pfeifen, das sich zu einem harmonischen Klingen zusammenfand, so dass man glauben wollte, irgendwo im Verborgenen brause eine Orgel.

Nein, so etwas hatte Lydia noch nicht erlebt. Sie schaute auf Richard hin, der vor ihr, hart am Grat, stand ohne sich zu regen, ohne ein Wort zu sagen. Er stand nur groß und kräftig, selbst ein Gebilde dieser urgewaltigen Welt, vor ihr und horchte hinab in die Tiefe.

Neben ihm stand der Förster von Mittersäß. Auch er passte mit seiner Rauheit und mit seinem Wuchs zum ganzen Bild.

Otto Lenz schob sich zu ihr heran, legte seinen Arm um sie und sprach ihr ein paar Worte seiner Begeisterung ins Ohr. Sie beachtete es kaum. Sie wartete nur darauf, dass Richard Falger endlich das Zeichen zum Einstieg in die Gletscherstuben gäbe. Aber er rührte sich lange nicht.

Und dann wandte er sich plötzlich nach ihnen um.

»Zurück!«, schrie er in das Orgeln in der Luft. »Wir müssen sofort umkehren!«

Umkehren? Jetzt, wo sie dem Wunder so nah waren? Warum? Warum zeigte sich der Doktor auf einmal so aufgeregt?

Am Himmel, der vorhin noch blau strahlte, hing jetzt ein dichtes, graues Gewölk. Es jagte zusammengeballt von Bergspitze zu Bergspitze.

»Es kommt Sturm auf!«

Sie traten eilig den Rückweg an. Richard Falger griff nun so heftig aus, dass sie ihm kaum noch zu folgen vermochten, und der Förster, der am Schluss ging, trieb zu immer größerer Eile.

Dabei regte sich kaum die Luft, als sie sich von der Kraterhöhe entfernt hatten und ein Stück abgestiegen waren. Wo kam denn auf einmal die Gefahr her?

Aber sie sollten noch erfahren, wie diese Eile Not tat, zu der Richard Falger plötzlich antrieb.

Eben hatten sie die Seile abgenommen und zusammengeknotet. Kaum waren sie in einzelnen Abfahrten über den ersten Hang hinabgejagt – da brach der Sturm los, und zwar mit einer solchen Gewalt, dass sie kaum mehr aufrecht zu stehen vermochten. Dabei setzte gleichzeitig ein Schneetreiben ein, dass sie kaum mehr die Hand vor den Augen sahen. Eisig legte sich die feuchte Kälte um sie, ließ ihre Glieder mehr und mehr erstarren. Sie kamen nur mühsam weiter.

Noch versuchte Lydia tapfer den Männern zu folgen. Einmal musste dieses Unwetter ja ein Ende nehmen!

Aber sie täuschte sich. Es wurde noch weit schlimmer. Sie wurden förmlich eingekreist und jeder Schritt kostete fast übermenschliche Anstrengung.

Was nun, wenn sie plötzlich stecken blieben? Wenn sie einfach nicht mehr weiter konnten? Dann war es vorbei. Denn in wenigen Minuten würde der Schnee sich über ihnen auftürmen – und dann griff der Tod nach ihnen, der weiße Tod, von dem sie schon oft in den Zeitungen gelesen hatte ohne sich Gedanken darüber zu machen. Es waren fremde Menschen gewesen, die ihm zum Opfer gefallen waren. Aber diesmal ging es sie selbst an! Es war eine bittere Tatsache, dass sie sich allein in zweitausend Metern Höhe befanden, ausgesetzt der unbarmherzigen Kraft der Natur ... Sie waren in das Fangnetz des Bergtodes geraten! Alle, wie sie sich hier schweigend vorwärts kämpften, Richard Falger, auf den nicht nur ein Kind und eine Mutter, sondern auch kranke Menschen warteten, Otto Lenz, der geniale Wissenschaftler und Chef der chemischen Versuchsabteilung eines großen Werkes, der biedere Förster von Mittersäß – alle, alle mussten umkommen, wenn das furchtbare Unwetter nicht nachließ ...

»Hilfe! – Mein Gott!«, schrie Lydia.

Aber niemand achtete darauf. Vielleicht wurde ihre Stimme gar nicht gehört im Heulen und Brausen des Sturmes, in der Dichte der Schneekörner, die ihnen ins Gesicht stoben.

Sie schaute nur auf Richard, der wenige Schritte vor ihr ging und spurte. Nicht ein einziges Mal hielt er an, nicht ein einziges Mal schaute er sich nach ihr um. Es war für ihn selbstverständlich, dass sie nachkam, dass sie ihm zu folgen vermochte. Er kannte keine Rücksicht mehr, er ließ es nicht mehr gelten, dass ihre Kräfte schwächer sein könnten als seine eigenen.

Und wie Lydia, so drohte auch Otto Lenz zu versagen. Er hatte den Förster hinter sich, der ihn mit seinem Schritt voranjagte. Schweigend, in verbissener Zähigkeit, drängte er nach und duldete keine Atempause.

Weiter ging es, weiter.

Und neben ihnen ging der Tod …

Da brach Lydia plötzlich zusammen.

Richard Falger eilte auf sie zu, riss sie empor, und als er sah, dass sie kraftlos war, reichte er dem Förster die Stöcke und nahm sie auf die Arme. »Weiter!«, befahl er.

»Ich kann nicht mehr!«, schrie nun auch Otto Lenz.

Der Doktor achtete nicht auf ihn. Er ging weiter.

»Sind Sie ein Mann?«, schrie der Förster. »Es geht jetzt um das Leben! Also, vorwärts! Immer vorwärts!«

Der Sturm wütete pausenlos. Der Schnee fiel in unverminderten Mengen. Die Welt schien unterzugehen.

Mit der menschlichen Last auf den Armen schritt Richard Falger weiter. Er wusste nicht, ob es ihm gelingen würde, die Hütte zu erreichen, oder ob er nur dem Tod entgegenlief …

Und da war die Rettung schon nahe. Balthasar Zunder, der wackere Wirt der Hütte, kam mit ein paar Leuten den Bedrohten entgegen.

Mit sicherem Instinkt hatte Richard Falger den Weg gefunden und das hatte für sie alle die Rettung bedeutet.

Erst während der Nacht hatte sich der Sturm gelegt. Trotzdem kam es in den Morgenstunden im Zunderhaus zu einer Panik. Eine Staublawine war niedergegangen, die die Hütte nur mit ihren Ausläufern berührte. Nicht Tod und Zerstörung, aber Schrecken und Furcht brachte sie. Und dann gewahren sie alsbald an der Finsternis und an der dumpfen, entsetzlichen Stille, dass sie verschüttet worden waren.

Zunächst wollten die Männer die Tür mit Gewalt aufbrechen, um wenigstens eine Luftzufuhr zu schaffen. Das war jedoch unmöglich und nach mehreren vergeblichen Versuchen gaben sie es auf.

Sie hatten sich in der Stube versammelt. Niemand wusste, wie tief sie unter den Schneemassen begraben lagen. Niemand konnte errechnen, wie lange sie warten mussten, bis das Unglück im Tal bekannt würde und Hilfe von draußen nahte.

Es kam zu panikartigen Vorstellungen und Auftritten. Denn abermals lag das Gespenst der Angst über ihnen …

Lydia saß schweigend, bleich und großäugig in der dämmerigen Ecke der Stube, in die der Schein des Lichtes nur kümmerlich drang. Sie hatte sich von der Erschöpfung noch nicht erholt. Die Züge ihres Gesichtes wirkten verstört und gleichgültig.

Neben ihr saß Otto Lenz. Auch er glich einem in Angst aufgelösten menschlichen Wrack. Irgendwo unter den anderen Männern stand der Förster. Gegen seine Gewohnheit hüllte er sich in ein düsteres Schweigen.

Richard Falger kam jetzt mit dem Wirt zur Tür herein. Sie hatten vergeblich nach einem Ausweg gesucht. Man sah es ihren Gesichtern an, dass sie zunächst wohl nichts tun konnten als warten.

Richard Falger schaute nach der Uhr.

Lydia beobachtete ihn. Sie ließ keinen Blick von seinem Gesicht. Wie ungebrochen, wie kräftig er dasteht!, dachte sie. Kennt er denn keine Furcht? Ist ihm der Tod zu einer solchen Selbstverständlichkeit geworden?

Sie bewunderte ihn. Sie sah ihn so hoch über allen anderen Menschen stehen …

Und da begegnete sie seinem Blick. Mit lauter Stimme fing er an zu sprechen. Seine Worte waren an alle gerichtet, aber sie fühlte, dass sie im Besonderen ihr galten: Das Haus sei verschüttet, sagte er. Es lasse sich nicht voraussagen, wie lange sie in diesem Gefängnis ausharren müssten, bis von draußen Hilfe käme. Sie sollten Haus halten mit der Luft, die ihnen zur Verfügung stehe, also wenig sprechen und vor allem auf das Rauchen verzichten. Es bestehe kein Grund zur Beunruhigung, weshalb sie guten Mut bewahren sollten …

Seine Rede blieb nicht ohne Wirkung, alle schauten zuversichtlich hin auf den Mann und folgten gehorsam seinen Anweisungen.

Der Begriff von Raum und Zeit ging nach und nach verloren. Man rechnete nicht mehr, man fühlte nur, dass die Zeit langsam verstrich.

An ihrer Lage änderte sich nichts.

Balthasar Zunder und der Förster verschwanden wieder nach draußen und blieben länger aus. Als sie zurückkamen, waren sie merkwürdig geschäftig. Was war geschehen? Hatten sie eine Möglichkeit zur Rettung gefunden? Der Wirt versuchte sich unter Mithilfe des Försters in den Kamin zu schieben. Der erste schwache Erfolg.

Und nun fehlte es nicht an Händen und Kräften, die bei weiteren Unternehmungen halfen. Auf einmal ergriff sie alle eine ungeheure Tatkraft.

Lange dauerte die Arbeit, bis dem ersten der Ausbruch in die Freiheit gelang. Ihm folgten dann nach und nach die anderen.

Sie waren gerettet! Das Wetter hatte sich beruhigt, aber der Himmel war grau. Ungeheure Schneemassen und Verwehungen begruben die Welt vor ihren Blicken. Sie schauten auf die abgezeichneten Bahnen, auf denen die Lawinen den Weg ins Tal genommen hatten.

Als Doktor Falger mit seinen Begleitern zu Tal stieg, begegneten ihnen auf halbem Weg kräftige, unerschrockene Männer der Bergwacht. Das Unglück vom Zunderhaus war nicht unbemerkt geblieben und man war ungesäumt aufgebrochen um den verschütteten Menschen Hilfe zu bringen.

Doktor Falger unterhielt sich lange mit den Männern. Er berichtete ihnen ausführlich das ganze Geschehen …

Dann setzten sie schweigend den Weg fort. Das Erlebnis war nicht ohne Wirkung auf sie geblieben. Alle vier, jedes auf seine eigene Art, trugen mehr oder weniger schwere seelische Erschütterungen davon. Jedenfalls hatten diese Stunden der Angst in allen unauslöschbare Erinnerungen hinterlassen.

Allein der Förster erholte sich alsbald von dem Schrecken und suchte Erheiterung in die Gesellschaft zu bringen. Er war ja von den Zwischenfällen, die es im Doktorhaus von Thalend gegeben hatte, nicht unterrichtet. »Meine gnädige Gebieterin wird wohl schon den Grabgesang für mich anstimmen!«, sagte er. »Wenn ich nun wirklich gestorben wäre, dann hätte sie endlich erfahren, was sie an mir für einen Esel gehabt hat! Aber nun geht der Krieg weiter!«

Er erhielt aber zu seiner Verwunderung von keiner Seite eine Erwiderung; es wollte jetzt niemand sprechen. Da ließ auch der Förster bedauernd seinen Kopf sinken. Er konnte nicht verstehen, was dieser Trauermarsch bedeutete, nachdem sie doch alle heil und unbeschadet zurückkamen.

Vor allem begriff er das Verhalten des Doktors nicht, der in schweigender Nachdenklichkeit rüstig voranschritt.

Auch im Tal hatte der Sturm böse Verheerungen angerichtet. Fast an allen Häusern sah man die Leute auf Leitern und Dächern. Sie behoben Schäden und flickten Löcher, die das Unwetter verursacht hatte. Auch im Doktorhaus waren einige Beschädigungen zu beheben.

Die Falger-Mutter erzählte, wie es zugegangen war in dieser Nacht. Sie hatte befürchtet, das Haus würde vom Sturm aus den Grundfesten gehoben, und war mit dem kleinen Konrad hinab zur Krankenstation gegangen, zu Camilla Stöger. Dort habe sich im neuen und festen Gemäuer das Unwetter doch nicht gar so furchtbar angehört …

Man sprach im Allgemeinen nur wenig beim abendlichen Essen und Rasten. Alle verlangten bald nach Ruhe.

Doktor Falger wurde jedoch noch in die Krankenabteilung gerufen. Ein Unfall erforderte sein Eingreifen. Er ging ohne Zaudern. Es war seine Pflicht.

Lydia schaute ihm nach, als er die Stube verließ. Aber er beachtete sie nicht.

10

Zwei Tage waren vergangen, in denen sich Lydia und Richard kaum noch sahen. Sie war jetzt eifrig mit den Vorbereitungen für ihre Abreise beschäftigt und verbrachte die Zeit in ihrem Zimmer. Absichtlich hielt sie sich von dem kleinen Konrad fern, auch die Mutter wollte es so. Er sollte sich ihrer Gesellschaft entwöhnen, damit es dem Kind nicht zu schwer fiel, wenn er sie nicht mehr sah.

Richard Falger hatte viel Arbeit mit den Kranken. Oft wurde er in die Nachbardörfer geholt oder in abgelegene Einödhöfe, von wo er erst spät in der Nacht zurückkehrte.

Und einmal stand er in ihrem Zimmer, zu einer Zeit, in der sie ihn nicht erwartete.

»Darf ich dir sagen, dass ich deine Abreise sehr bedauere, Lydia? Nicht nur des Kindes wegen, das sich an dich gewöhnt hat wie an eine Mutter – vielleicht hast du dich ein bisschen zu viel mit ihm beschäftigt –, sondern in der Hauptsache deinetwegen! Ich möchte dir sagen, dass ich dich zum Abschluss deines Thalender Aufenthaltes nicht in ein solches Abenteuer stürzen wollte, wie wir es erlebt haben! Es hat dich seelisch und körperlich sehr belastet. Der Fehler, den ich beim Aufstieg zu den Gletscherstuben begangen habe, war die zu mangelhafte Beachtung unserer Wetterregeln. Das sollst du mir verzeihen!«

Jetzt war er wieder ein fühlender, verstehender Mensch, ein ganz anderer als in den Stunden der Todesnot. Sie sagte sich, dass er wohl so sein musste, er musste rücksichtslos, ja geradezu brutal vorgehen. Wo wären sie denn geblieben, wenn er nur einen Augenblick mitleidig gezögert hätte? Dann hätte man sie später wohl tot aufgefunden, verschüttet und erstickt unter ungeheuren Schneemassen. Und wie dort am Berg hatten ihn wohl auch schon viele Situationen in seinem Berufsleben als Arzt von Thalend vor die gleich schwere und große Aufgabe gestellt. Er konnte nicht anders sein, als er war. Er durfte auch in schwierigsten Lagen nie Mutlosigkeit zeigen.

»Warum sprichst du so?«, fragte sie. »Ich hab dich gebeten, du möchtest mich einmal mitnehmen in ein Winterabenteuer in Thalend! Ich hab dir sogar zu danken! Es war einfach wunderbar!«

»Wunderbar? Was war denn daran so wunderbar?«

Sie zögerte. »Du«, gestand sie leise. »Es war wunderbar, dich in deiner Kraft und Kühnheit zu sehen! Und dafür danke ich dir!«

Er schüttelte den Kopf. »Du täuschst dich, Mädchen! Ich bin ein Mensch wie jeder andere. Meine Angst war dieselbe wie deine und wie die der anderen. Ich hab sie nur nicht gezeigt. Darauf kommt es an!«

»Ich werde noch oft daran denken müssen, Richard. Ich sehe Thalend und seine Berge in einem ganz anderen Licht als früher!«

Sichtlich gerührt antwortete er: »Das freut mich sehr! Wenn dir draußen in der Welt etwas widerfahren sollte – man kann ja nie sagen, wann sich einem das Unglück unversehens in den Weg stellt –, dann sollst du wissen, dass man trotzdem weitergehen muss, auch wenn einen die Füße nicht mehr tragen wollen. Einmal kommt man schon wieder heraus aus der Verzweiflung!«

Sie nickte.

Er blieb immer noch vor ihr stehen. Sein Blick lag unentwegt auf ihrem Gesicht. »Es hat mir wehgetan, dass du nicht so viel Vertrauen zu mir hattest mir die ganze Wahrheit zu gestehen, Lydia. Vielleicht wäre heute manches anders! Warum hast du mir nie verraten, dass Otto Lenz verheiratet ist?«

Sie erschrak.

Er wartete geduldig auf ihre Entgegnung. Aber sie schwieg.

»Du hast wohl gefürchtet, dass ich dann dagegen sein würde, nicht wahr? Muss ich das nicht sein, Lydia? Du kennst meinen Grundsatz: Man soll nie etwas tun, was man nicht verantworten kann. Lydia, kannst du es verantworten, eine fremde Ehe zu zerstören und einem Kind den Vater zu nehmen? – Ich weiß um deine Liebe zu diesem Mann und deshalb hast du gezögert, bis es zu spät war! Du hast dich für ihn entschieden! Ich hab kein Recht dich zu hindern oder dir diese Heirat zu verbieten, aber ich habe die Pflicht dich im Andenken an deine Eltern und an deine Schwester auf das Unrecht hinzuweisen. Es ist eine Schuld, die du auf dich nimmst und die du nicht allein dem Mann zuschreiben kannst!«

Ihr Atem ging schwer und laut. Ihr Gesicht war bleich. Um ihren Mund war ein Zucken. Sie war dem Weinen nahe. Aber sie schwieg trotzig.

»Meine Mutter weiß es nicht und sie wird es nie erfahren, Lydia«, fuhr er leise fort. »Du hast dich einmal gewundert, dass in meinem Ordinationszimmer ein so großes Kreuz hängt. Heut weißt du vielleicht, dass es zu meiner Art gehört. Ich hab oft daran Halt gefunden. Wir waren zusammen in der Christmette. Warum taten wir es, Lydia? Doch nicht nur deshalb, weil es den Leuten hier gefällt! Könnte ich etwas für dein Glück tun, dann würde es geschehen. Aber ich kann ja nichts tun! Denke wenigstens an Thalend, wenn es für dich dunkle Tage geben wird!«

Ohne ihre Entgegnung abzuwarten streckte er ihr die Hand hin, drückte sie und dann ging er.

Die Stunde der Abreise rückte näher.

Otto Lenz hatte den ganzen Tag versucht den Doktor allein zu sprechen. Als es ihm endlich gelang, zeigte er sich merkwürdig kleinmütig.

»Ich möchte Ihnen nicht nur für die Gastfreundschaft danken, Herr Doktor, sondern vor allem möchte ich Sie herzlich um Verzeihung bitten! Ich habe Ihnen sehr Unrecht getan. Ich weiß nicht, welcher Teufel in mir den Verdacht weckte, Sie könnten in bestimmter eigennütziger Absicht Lydia in ihrer Liebe zu mir wankend machen!«

»Hab ich das getan?«

»Nein, Sie haben es nicht getan. Und deshalb danke ich Ihnen! Ich würde mich sehr freuen, wenn ich im Bewusstsein Ihrer Freundschaft von hier wegreisen könnte. Ich verspreche Ihnen meine Angelegenheiten unverzüglich so zu ordnen, dass Lydia deswegen nie einen materiellen oder seelischen Schaden erleiden wird!«

»Und Sie glauben, dass Sie das vermögen?«

»Ja, ich glaube es!«

Richard Falger schwieg.

Mehr hatten die beiden Männer nicht miteinander zu sprechen.

Lydia machte noch einen letzten Besuch auf Gut Mittersäß. Auch dort hatte der Schneesturm erheblichen Schaden angerichtet und die Dienstboten waren noch damit beschäftigt, die Dächer zu flicken.

Kunigunde Heimdahl war von der plötzlichen Abreise der neuen Freundin überrascht und betrübt. »Schade! Es hätte bestimmt noch nette Stunden fröhlichen Beisammenseins gegeben!«, sagte sie. »Aber Sie kommen bestimmt wieder! Vielleicht im Sommer, zur Urlaubszeit. Dann ist es schön bei uns!«

»Ich rechne bestimmt damit.«

Auch von der Sturmnacht sprach man und über das Abenteuer am Berg. Die Herrin von Mittersäß war vom Förster bereits über alle Einzelheiten orientiert worden.

»Ich war sehr in Sorge um euch!«, sagte Kunigunde Heimdahl. »Sicher ging diese fixe Idee von meinem Förster aus!«

»Nein, von mir!«, gestand Lydia. »Der Förster konnte mir die Bitte nicht abschlagen. Ich werde oft an ihn denken müssen in der Stadt, an seine Worte und an seine Art!«

»Und an seine Grobheit!«

»Die Sie bestimmt an ihm lieben, Frau Heimdahl!«

»Lieben?«, wollte sie sich empören, aber es war ihr nicht ernst damit. »Vielleicht haben Sie Recht, Fräulein Jordan! Ich möchte ihn nicht anders haben. Die Gewöhnung kann zum Laster werden, zumal wenn man so allein ist!«

Am Tag der Abreise fuhr der Förster von Mittersäß mit dem Schlitten am Doktorhaus vor. Er hatte zwei Pferde vorgespannt und wärmende Decken bei sich.

Lydia war freudig überrascht. »Sie wollen doch nicht …?«

»Gerade das will ich, Lydia! Ich habe Sie damals in das verdammte Winternest hereingeholt und nun bringe ich Sie auch wieder hinaus! Wenn ich auch innerlich an meiner Wut ersticke! Wie können Sie nur so auf Knall und Fall davonlaufen!«

»Es muss sein, Jonas! Ich muss ja auch wieder einmal zur Arbeit zurückkehren!«

Er zwinkerte ihr schelmisch zu. »Die Arbeit wird es nicht sein, aber das andere! Dazu haben es die meisten jungen Menschen sehr eilig, so eilig, dass sie oft über die eigenen Füße stolpern! Geben Sie bloß Acht!«

Die Falger-Mutter hatte alle Hände voll zu tun, Camilla Stöger war mit Konrad fortgegangen. Man wollte ihm den Abschied und die Tränen ersparen.

Es kam nur zu einem kurzen, aber herzlichen Abschied. Richard Falger war gerade noch im letzten Augenblick in seinem weißen Mantel aus der Praxis herbeigelaufen, um ihnen die Hand zu drücken.

Lydia saß zwischen den beiden Männern in dem Schlitten. Sie konnte nicht einmal eine Hand bewegen, um den Zurückbleibenden noch zuzuwinken.

»Ich wäre ja sehr gern noch so lange hiergeblieben, bis ich Ihnen hätte zur Verlobung gratulieren können, Förster!«, sagte Lydia, als sie mit fröhlichem Glockengebimmel das Dorf verließen und in die weiße Landschaft hinausfuhren.

Der Förster schaute sie nur ein wenig überrascht an. Aber er schwieg hinterlistig.

»Offiziell ist sie doch noch nicht gewesen?«, fuhr das Mädchen spitzbübisch fort.

»Nein, wo denken Sie hin! Aber – nun ja, Sie können mir trotzdem heut schon gratulieren. Über kurz oder lang stolpere ich doch einmal über den Fallstrick! Ich wundere mich nur über Ihre Beobachtungsgabe. Bis jetzt hat hier sonst noch niemand etwas bemerkt! Sie sollen also zum Abschied noch Recht behalten, kleine Freundin: Alte Liebe rostet nicht und der Teufel holt sie nicht! In Ihre Sprache übersetzt heiß das: Der Krug geht so lange zum Brunnen, bis er bricht! Und ich glaub, er ist mir bereits zerbrochen!« Dann lachte er herzhaft und dröhnend.

Mehr und mehr versank hinter ihnen Thalend und damit das Doktorhaus, das hinter dem kleinen Fichtenhain stand.

Lydia fühlte, dass sich ein Mantel der Traurigkeit um ihr Gemüt legte.

Richard Falger war mit seiner Mutter noch eine Weile droben im Söller des alten Hauses gestanden. Sie sahen von hier aus dem Schlitten nach, bis er weit draußen hinter haushohen Verwehungen untertauchte, und dann sahen sie nur noch die leere, verlassene Straße, die schmal und tief eingespurt in die Weite führte …

Die Falger-Mutter schaute ihren Sohn bekümmert an. Sein Schweigen verriet ihr weit mehr, als Worte es vermocht hätten. Sie ahnte, wie schwer er unter diesem Abschied litt. »Jetzt werden wir uns halt wieder langsam umgewöhnen müssen«, unterbrach sie plötzlich das Schweigen. »Wir konnten und durften sie hier nicht festhalten. Nicht wahr?«

Er nickte.

»Was wird der Konrad sagen, wenn er sie nicht mehr

sieht? Er wird oft nach ihr fragen«, fuhr die Alte fort. »Er hat wohl gemeint in ihr seine Mutter wieder zu finden …«

»Sie hätte es auch sein können, nicht wahr, Mutter?«

Die Alte nickte. »Aber sie durfte es nicht sein. Wir gehören nach Thalend, sie gehört in die Stadt. Ist es nicht so?«

»Ja, es ist so, Mutter!«

Dann riss er sich zusammen. Sein Blick irrte über die Weite des Tales. »Es ist alles so schwer draußen«, sagte er. »Es wird wohl Föhn geben. Hoffentlich kommt sie gut heim!«

»Hast du Angst?«

»Angst? – Kann sein, dass es Angst ist. Nur weiß ich nicht, wovor! Gibt es eine Vorahnung, Mutter?«

»Ja, die gibt es wohl. Fürchtest du etwas?«

Er antwortete nicht darauf. Plötzlich wandte er sich vom Fenster ab. »In Gottes Namen, Mutter, wir müssen wieder zu arbeiten beginnen!«

Schwer dröhnten seine Schritte auf den Dielen, als er hinabging und zu seiner Arbeit zurückkehrte.

Stunden später brach wirklich der Föhn ein. Er lag mit seiner Unruhe auf der Natur und Kreatur, er beschlich die Gemüter der Menschen.

Richard Falger kämpfte mit der unglücklichen Stimmung seiner Kranken. Er tat an ihnen seine Pflicht wie an jedem anderen Tag, und doch, glaubte er, wollte ihm heute alles nicht so gelingen wie sonst.

Camilla Stöger war um ihn in der gewohnten Dienstbeflissenheit und mit dem gleichen Eifer. Sie unterstützte ihn in der Sprechstunde, sie begleitete ihn in die

Krankenstuben, sie half ihm bei der Operation und teilte mit ihm die Stunde der Rast im behaglichen Arbeitszimmer.

Noch hatten sie mit keinem Wort den Abschied Lydias erwähnt und doch war erkennbar, dass sie beide unentwegt daran dachten. Heute war etwas zwischen ihnen nicht so wie sonst.

Es war eine Spannung da und sie wirkte langsam zermürbend, bis Camilla plötzlich darunter zusammenbrach. In einem Ausbruch leidenschaftlicher Erregung legte sie dem Doktor ein umfassendes Geständnis ab. Sie bekannte, dass sie in heimlichen Unterredungen die Eifersucht des Herrn Lenz geschürt habe, um ihn dazu zu bewegen, mit Lydia aus dem Doktorhaus abzureisen …

Mit eisigem Schweigen hörte er ihr zu ohne sie ein einziges Mal zu unterbrechen.

Erst als sie geendet hatte und eine ganze Weile der erdrückenden Stille vergangen war, fragte er ohne sie anzusehen: »Woher wussten Sie überhaupt, in welchem Verhältnis der Mann zu meiner Schwägerin stand?«

»Ich hab es mir gedacht. Sie hat mir einmal selbst erzählt, dass sie mit einem Herrn aus München verlobt sei.«

Er saß wieder schweigend da und schien mit sich zu ringen. Dann stand er plötzlich auf, ging zum Fenster und blieb mit abgekehrtem Gesicht stehen. »Ich habe Sie als ausgezeichnete Hilfe bei meiner Arbeit geschätzt, Fräulein Camilla!«, begann er plötzlich mit klarer, strenger Stimme. »Mehr war es nicht! Ich bedaure sehr, dass es zu solchen Verwirrungen und Verirrungen gekommen ist! Ihre Offenheit und Ihr Mut zu dem Geständnis machen einiges daran gut. Trotzdem aber glaube ich …« Er brach ab und schwieg, als müsste er seinen Gedanken noch einmal gründlich überlegen, ehe er ihn aussprach.

»Ich weiß, Herr Doktor, unter diesen Umständen kann ich nicht in Thalend bleiben!«, sagte sie fast tonlos.

Er ging nicht darauf ein. »Ich wollte, dass meine Schwägerin Lydia Jordan hier in Thalend zu einer besseren Entscheidung kommen möchte. Ich hab gehofft, dass sie den Irrtum ihrer Liebe erkennen würde. Denn es ist keine glückliche Liebe und es kann keine glückliche Liebe werden. Dazu fehlen die Voraussetzungen. Herr Lenz ist noch verheiratet. Er wird sich scheiden lassen, aber trotzdem wird es kein Glück und keinen Frieden geben! Ich habe mir eingebildet, dass in Lydia hier die Erkenntnis reift. Aber es ist nicht geschehen. Sie fährt zurück nach München. Uns bleibt nur noch die schwache Hoffnung, dass sie eines Tages doch zurückkehren wird. Die Entscheidung wird fallen, sie muss fallen! Sie ist vielleicht in diesem Augenblick schon gefallen! Ich habe keine Einfluss darauf!«

Als er schwieg, blieb es lange still im Zimmer.

»Das habe ich nicht gewusst!«, stammelte dann Camilla. »Meine Schuld ist nun um vieles größer geworden!«

Er antwortete nicht.

Dann läutete das Telefon. Camilla hob ab, meldete sich und reichte dem Doktor den Hörer hin.

»Doktor Falger«, sagte er in die Muschel. Mit unbeweglichem Gesicht lauschte er einem Bericht. »Ja, ich komme sofort!«, sagte er dann und hängte den Hörer ein. »Ein schwerer Unfall in der Ziegelei!«, erklärte er seiner Helferin. »Richten Sie inzwischen alles zur Operation, Camilla!«

Eilig verließ er das Zimmer.

Im Wirtshaus »Zur Krone« in Stanzach hatte der Förster Jonas mit den beiden Reisenden noch ein kleines Vesperbrot eingenommen.

Dann trennten sie sich. Sie wollten den Abschiedsschmerz nicht offenbar lassen.

Jonas drückte Lydia herzhaft die Hand. »Die Welt ist rund und die Menschen kugeln darauf herum. Wer weiß, ob wir uns nicht unversehens einmal begegnen, Fräulein Lydia! Freilich liegt das in der Hauptsache an Ihnen, denn ich bin auf Mittersäß festgewachsen wie ein alter Holunderstrauch, um den die Raupen einen Bart spinnen! Was meine Sie, welche Freude es für mich wäre, wenn Sie eines Tages plötzlich vor mir stünden! Als mein Gast!«

Das waren die letzten Wort, die Lydia aus dem Mund des Försters hörte. Dann schwang er die Peitsche über die Pferde und fuhr davon, hinaus in das weite, verschneite Land.

In diesem Augenblick war es ihr, als versänke vor ihren Augen ein Stück Heimat, unwiederbringlich, verloren für alle Zeiten. Tränen umschleierten ihren Blick.

»Lydia!«, hörte sie die Stimme Ottos. »Es ist Zeit! Wir müssen fahren!«

Da riss sie sich los von ihren Gedanken und stieg ein.

Die Fahrt ging nun durch das verschneite Bergland. Die Heizung empfand sie behaglich und müde lehnte sie sich in die Polster zurück. Die Schneeketten gruben sich tief in die Rinnen. Der Föhn war jetzt hinter ihnen her. Die Luft wurde milder und zerstörte die Festigkeit der eisigen Fahrbahn. Oft wurden sie geschüttelt und geworfen, wenn es in scharfen Kurven über Schmelzeis ging.

Man durchfuhr kleine Dörfer, an Siedlungen und Gasthäusern vorbei, und dann waren sie wieder endlos lange allein auf der einsamen Straße, die heute niemand ohne Not befuhr.

Immer noch sah man die weißen Berge in erschreckender Nähe und Klarheit. Der Föhn tat der Landschaft Gewalt an. Aber er zeigte sie auch den Menschen …

Otto stand der Schweiß auf der Stirn. Das Steuern des Wagens über die gefährliche Straße überforderte seine Kräfte. Vielleicht strahlte auch die Heizung zu viel Wärme aus. Schweigend richtete er seine Augen starr geradeaus.

Mit welchen Gedanken mochte er sich gerade beschäftigen?

»Woran denkst du?«, fragte sie.

»An alles, was wir in diesem gnadenlosen Tal, wie du es schon genannte hast, erlebt haben«, antwortete er. »Weißt du, dass ich eine entsetzliche Angst hatte dich zu verlieren? Warum? Im Atem dieses Bergwinters haben wir angefangen andere Menschen zu werden. Alle, auch ich. Man verlor den Kontakt zur Welt, zur geliebten Gewohnheit. Ich weiß nicht, wie ich dir das jetzt erklären soll. Du hast es ja bestimmt auch selbst gespürt, dass man plötzlich anders dachte. Ich weiß nicht, war es die Natur allein mit all ihren Schrecken oder war es auch dieser merkwürdige Doktor von Thalend, man fühlt sich einfach unfrei, bedrückt …«

Sie antwortete nicht.

»Ich bin froh, dass wir dem ganzen Zauber glücklich entronnen sind!«, fuhr er fort. »Es kann nun alles wieder werden, wie es einmal war, bevor uns dieser Bergwinter eingefangen hatte! Ist es nicht so?«

»Ich fürchte – nein! Ganz so kann es wohl nicht mehr werden!«

Er warf ihr einen kurzen, fragenden Blick zu. »Was soll das heißen?«

»Es ist so schwer zu sagen …«

in der Ferne tauchte eine doppeltürmige Kirche auf, die erhöht auf einem Berg stand. Es schien eine Klosterkirche zu sein. Ein Ort wurde sichtbar mit eng aneinander gebauten Häusern und einem Fabrikschlot. Das war kein Dorf mehr, sondern ein Marktflecken oder gar eine kleine Stadt.

»Wo sind wir denn?«, fragte sie.

Er wusste es nicht. Sie waren nun schon ein beträchtliches Stück gefahren. »Es ist noch sehr weit, bis wir daheim sind«, sagte er. »Möchtest du mir nicht erklären, wie du das vorhin gemeint hast, Lydia? Ich warte drauf.«

»Eigentlich freue ich mich wieder auf die Arbeit. Sie hat mir in Thalend doch sehr gefehlt!«, sagte sie.

»Die Arbeit! Du sollst dich freuen auf unseren großen Tag! Er wird bald sein. Ich werde mich bemühen den Termin voranzutreiben! Dann wird sofort geheiratet!«

Sie antwortete nicht, aber ihr Atem ging lauter und rascher.

Er merkte es. »Ist es dir nicht recht so?«

»Müssen wir schon heute darüber sprechen?«

»Natürlich! Es ist das Wichtigste!«

»Dann möchte ich dir sagen, dass ich mich fürchte.«

»Fürchten? Wovor denn?«

»Vor dem Unrecht, das ich begehe, vor der Schuld! Zu dieser Erkenntnis hat mich Thalend gebracht. Ich muss dir sagen, Otto, dass es einfach nicht sein kann. Ich kann dich nicht heiraten!«

»Das ist doch ein Scherz!«

»Ich habe gesehen, wie deine Liebe zu mir nach und nach erwacht ist, wie sie anwuchs zu einer Leidenschaft. Ich habe es nicht nur geduldet, sondern auch noch gefördert. Es ist zwischen dir und deiner Frau zu einer Entfremdung gekommen, nicht einmal dein Kind konnte dich noch erbarmen. Wir haben beide gefehlt. Wenn wir den Weg fortschreiten, laden wir uns eine Schuld auf, die wir eines Tages nicht mehr zu tragen vermögen!«

»Lydia! Weißt du denn, was du sprichst? – Was soll dann aus uns werden?«

»Wir müssen uns trennen!«

»Nein!«, schrie er. Sein Gesicht hatte sich verändert. Seine Augen waren eingefallen. »Es kommt nun, wie ich es befürchtet habe: Dieser Bergwinter hat dich verwirrt! Du darfst mich nicht verlassen, Lydia! Nie! Hörst du? Wir beide gehören zusammen!«

In seiner Erregung fuhr er schneller, viel zu schnell für diese Straßenverhältnisse.

Sie erkannte am Aufheulen des Motors, dass er Vollgas gab. Wenn jetzt ein Unglück geschah! Sie befanden sich in einer fremden Landschaft, eine kurze Wegstrecke noch entfernt von dem großen Ort mit seiner mächtigen Kirche. Die Bäume an der Straße standen vom Sturm gebogen, der jetzt aufgekommen war. Sie schrie auf und bat ihn anzuhalten …

Vielleicht wollte er es tun, aber sie waren gerade in einer Kurve. Da verlor er die Herrschaft über den Wagen.

Niemand hatte den Aufschrei gehört, niemand hatte den Aufprall vernommen, mit dem der Wagen an einen Baum geschleudert wurde.

Der Föhn jagte über die Landschaft und nahm all das mit sich fort in die Unendlichkeit seines Weges.

11

Seitdem waren ein paar Tage vergangen. Der Föhn brachte die Schneedecke zum Schmelzen und befreite Bäume und Sträucher von ihrer weißen Last. An den Häusern gluckste einen Tag und eine Nacht lang die Traufe, dann kam abermals der Frost und hängte seine Eiszapfen an die Dachrinnen. Die Wege waren schlecht und verharscht.

Doktor Richard Falger kämpfte sich zu seinen Kranken in die abgelegenen Einöden und holte die chirurgischen Fälle heim in die Krankenstation.

Camilla versah weiterhin ihren Dienst. Nach außen hin hatte sich nichts verändert, aber in ihren privaten Begegnungen und Gesprächen war eine spürbare Zurückhaltung festzustellen. Die Aufenthalte Camillas in der Wohnung des Doktors blieben auf das Notwendigste beschränkt.

Als sie eines Tages zusammen im Arztzimmer waren

und jeder seiner Beschäftigung nachging, läutete das Telefon. Wie immer nahm Camilla auch diesmal den Hörer ab.

Richard Falger schrieb am Tisch. Er achtete kaum darauf. Es konnte höchstens wieder ein Anruf zu einem Kranken sein. Es waren heute noch mehrere Besuche zu machen.

Er hörte nicht auf Camilla, denn sonst hätte er bestimmt das Besondere, Ungewöhnliche ihrer Stimme erkannt.

»Herr Doktor, bitte sprechen Sie selbst!«, sagte sie und streckte ihm den Hörer entgegen.

Er blickte auf und sah ihr erschrockenes Gesicht. Ihre Hand zitterte ein wenig. »Was ist?«

Sie bewegte stumm die Schulter.

»Wer ruft an?«

»Fräulein Jordan.«

Da riss er ihr den Hörer aus der Hand. »Lydia?«, rief er in das Telefon. »Was ist los? Wo bist du denn?«

Und dann hörte er sie sprechen, leise, erregt, mühsam, von weit her, spürte dabei das Klopfen seines Herzens und lehnte sich an die Wand, um nicht zittern zu müssen. Sein Gesicht wurde bleich …

»Es ist etwas Furchtbares geschehen, Richard!«, kam es aus dem Hörer. »Wir hatten einen schweren Unfall. Die Straße war vereist, es ging ein schrecklicher Sturm. Da muss Otto einen Augenblick die Herrschaft über den Wagen verloren haben. Ich weiß nicht, wie es geschah, auch nicht, wie und durch wen wir hier in dieses Krankenhaus gekommen sind. Mich muss ein guter Engel beschirmt haben. Ich habe nur eine Gehirnerschütterung und ein paar böse, aber nicht lebensgefährliche Wunden davongetragen. Otto liegt noch bewusstlos da. Ein Schädelbasisbruch. Der Arzt sagt, es sei ein Wunder, dass er überhaupt noch lebt. Es müsse sofort eine Operation vorgenommen werden, allein wagt er sich nicht heran. Er weiß, dass ich mit dir spreche. Bitte Richard, hilf uns! Ich bin überzeugt, du allein hast die Erfahrung in solchen Operationen. Wir dürfen ihn doch nicht sterben lassen!«

Darauf schwieg sie eine Weile. »Hörst du mich?«

»Ich höre.«

»Warum sagst du nichts? Warum sagst du nicht, dass du sofort kommen wirst?«

Er schwieg. Man sah es seinem Gesicht an, wie es in ihm stürmte und arbeitete.

»Ich fühle mich mitschuldig!«, fuhr sie fort. »Du weißt ja alles, Richard. Ich habe ihm gesagt, dass wir uns trennen müssten. Vielleicht hab ich mich dabei nicht ganz recht verhalten. Das ist meine Schuld! Bitte, Richard, komm! Befreie mich aus dieser entsetzlichen Angst!«

»Wo bist du?«

»In Rettwang. Kennst du den Ort? Es gibt hier nur ein einziges kleines Krankenhaus …«

»Ich komme sofort, Lydia. Sofort.«

»Danke!«

»Unterrichte den dortigen Arzt, er möge sich bereithalten!«

»Danke Richard!«

Fast geräuschlos hängte er den Hörer ein. Dann stand er einen Augenblick nachdenklich da. »Herrgott!«, entfuhr es ihm dann, dass Camilla erschrocken aufschaute.

Sein Blick suchte ihr Gesicht. »Ein Autounfall«, sagte er. »Herr Lenz ist schwer verletzt. Vielleicht kann ihn eine sofortige Operation retten.«

Camilla wurde bleich. Sie schaute ihn eine Weile entsetzt an. »Bitte, Herr Doktor, helfen Sie ihm!«

Richard Falger fing an zu rechnen: »Donnerstag Abend, Freitag – heut ist Samstag. Er ist immer noch bewusstlos. – Wir werden seine Frau verständigen müssen, Fräulein Camilla. Würden Sie das besorgen? Ich gebe Ihnen die Andresse.«

Sie nickte.

Auf die Uhr schauend sagte er: »Telefonieren Sie mit Doktor Mohr. Er möchte mich doch hier ein paar Tage vertreten.«

Sie nickte abermals.

»Noch etwas: Gehen Sie doch am Abend zu meiner Mutter! Sie wird sich sicher darüber aufregen, Camilla! Darf ich mich auf Sie verlassen?«

»Ja.«

Zum ersten Mal reichte er ihr wieder die Hand. »Ich danke Ihnen, Camilla!«

Dann stürmte er davon.

Der Arzt des Krankenhauses Rettwang war schon ein bejahrter Herr. Der etwa dreitausend Einwohner zählende Marktflecken lag so nahe bei der Kreisstadt, dass die chirurgischen Krankheitsfälle, soweit sie den Transport zuließen, zumeist dorthin überwiesen wurden. Deshalb war die Ausstattung des Rettwanger Krankenhauses nicht auf dem neuesten Stand. Vor allem entbehrte der Operationssaal der modernen Hilfsmittel.

Nun trat ein Fall ein, der den Sanitätsrat vor eine verantwortungsvolle Entscheidung stellte. Man hatte bei einem Autounfall zwei Personen aufgefunden, von denen der männliche Insasse so schwer verletzt war, dass er nicht weitertransportiert werden durfte, während sich seine Begleiterin alsbald erholte und der ärztlichen und polizeilichen Einvernahme Rede stehen konnte.

Da Lydia sah, um was es ging, besprach sie sich eingehend mit dem Sanitätsrat und telefonierte sofort mit Thalend.

Als dann Richard Falger am Abend desselben Tages am Krankenhaus von Rettwang vorfuhr, wurde er zunächst von Lydia empfangen. Sie stand unter der Tür, als warte sie dort schon lange auf ihn.

Tränenden Auges vermochte sie kaum zu sprechen. Ihr Gesicht war fahl und verriet die ausgestandene Angst. Um den Kopf und den rechten Arm trug sie einen Verband. Beim Gehen hinkte sie beträchtlich.

»Ich danke dir, Richard!«, sagte sie immer wieder erschüttert, als er an ihrer Seite groß und robust zur Tür schritt. Sie empfand in seiner Nähe das Gefühl der Geborgenheit.

Wenig später saßen sie mit dem alten Sanitätsrat und einer Krankenschwester in einem kleinen Sprechzimmer beisammen und berieten den Fall. Der Sanitätsrat berichtete über seine Befunde und Beobachtungen an dem Bewusstlosen.

Richard Falger wünschte den Patienten selbst zu sehen und wurde von dem Sanitätsrat und der Schwester in ein Krankenzimmer geführt, wo eine andere Schwester am Bett die Wache hielt …

Der Besuch dauerte eine lange Weile. Dann orientierte sich Richard Falger über alle Möglichkeiten einer sofortigen Operation. Dabei erwies es sich, dass die erste Schwester in ihrem Fach überaus gewandt und tüchtig war. Sie brannte geradezu darauf, einer so gewagten und komplizierten Operation beiwohnen zu dürfen. Die Untersuchung ergab, dass nicht länger gezögert werden durfte.

»Wir haben kein andere Wahl, Schwester«, sagte er. »Wir müssen die Operation wagen!«

»Ja«, antwortete die Schwester.

»Bitte, machen Sie alles fertig! Ich komme sofort.«

Zuvor suchte er noch Lydia in ihrem Zimmer auf und fand sie in Angst aufgelöst. »Was wird aus ihm werden?«, fragte sie.

Er zuckte die Schultern. »Wir dürfen mit der Operation nicht länger warten.«

»Du wirst es schaffen, Richard! Ich vertraue dir!«

»Du sollst auf Gott vertrauen, Lydia, nicht auf mich!«, entgegnete er. Dann drückte er ihre Hand. »Sei tapfer, Mädchen! Du weißt, wie die Dinge stehen. Sollte es gelingen, ihn vor dem Tod zu retten, dann wirst du ihm helfen müssen, den Weg zum Rechten zu finden. Das ist deine Aufgabe. Ich rechne damit, dass seine Frau morgen hier ankommen wird. Ich habe sie verständigen lassen. Es wird sich zeigen, ob sie den schweren Schritt der Versöhnung wagen wird. Bleibt ihm das Leben, dann wirst du die Entscheidung zu treffen haben. Es tut mir Leid um dich, Lydia! Aber etwas hast du in Thalend gelernt, nicht wahr? Nämlich, dass man nicht aufgeben darf, dass man weiterschreiten muss, immer weiter, ohne Furcht, so wie wir es im Schneesturm taten, auf unserem Weg von den Gletscherstuben!«

Noch vor Eintritt der Nacht schritt Richard Falger zur Operation. Es war so still geworden in diesem Krankenhaus, als hielte das Leben den Atem an.

Lydia Jordan war in ihrem Zimmer. Ihr Gemüt war aufgewühlt vor Furcht und Angst. »Lieber Gott, lass alles gut werden!«, betete sie.

Und in diesen Stunden angstvollen Harrens zog die Erinnerung in wechselvollen Bildern vor ihr vorbei. Sie dachte an ihre tote Schwester Martha und glaubte ihre Nähe zu fühlen, ihre Stimme zu hören, ihre Hand auf ihrem Scheitel zu spüren.

»Martha! Ja, könnte ich ihm das sein, was du ihm gewesen bist: Gefährtin im Atem des Bergwinters! – Ich bin seiner Liebe nicht wert!«

Sie dachte an das Doktorhaus in Thalend. Sie sah dort ein Kind am Fenster stehen, darauf harrend, ob sie denn immer noch nicht zurückkäme als seine Beschützerin, als Freundin, als seine Mutter …

»Kann ich das sein?«

Sie lauschte hinaus vor die Tür, ob denn immer noch kein Schritt im Gang zu hören sei. Aber noch blieb alles still …

Sie wartete vergeblich. Die Operation dauerte bis über Mitternacht. Sie sah Richard Falger an diesem Tage nicht mehr. Wer weiß, in welchem Zustand der Erschöpfung er sich befand, als er endlich die Instrumente aus der Hand legen konnte?

Nur von der Schwester erfuhr sie noch kurz, dass die Operation erfolgreich verlaufen war. Allerdings sei der Zustand des Patienten immer noch sehr besorgniserregend. Doktor Falger bleibe diese Nacht selbst bei ihm, um bei auftretender Krise zur Stelle zu sein. Sie könne sich nicht genug wundern über die Geschicklichkeit dieses jungen Arztes aus dem Gebirge. Der Sanitätsrat habe gestanden, dass ihm solches noch nicht begegnet sei.

Und noch einmal schaute Lydia hinauf zu dem kleinen Kruzifix, das in der Ecke ihrer Kammer an der nackten Wand hing. Noch einmal faltete sie die Hände, aber diesmal war ihr Gebet von einem freudigen Dank begleitet.

Obwohl am nächsten Tag das Bewusstsein des Kranken zeitweilig zurückkehrte, befand Otto Lenz sich noch einige Zeit in der Gefahr einer plötzlichen Embolie.

Seine erste Frage, die er vernehmlich an die Schwester richtete, galt seiner Begleiterin. Jetzt erst erfuhr er, dass sie wunderbarerweise nur leicht verletzt sei.

Eine fassungslose Freude schaute aus seinen Augen. »Sie hat der Himmel beschützt, Schwester!«, hauchte er. »Und auch mich …«

»Auch Sie, ja! Danken Sie Gott, der Ihnen den Doktor von Thalend geschickt hat!«, antwortete die Schwester.

Noch war er nicht fähig den Sinn ihrer Worte zu begreifen. Aber er sann ihnen nach, bis die Erinnerung an die vergangenen Wochen deutlich und klar vor ihm stand.

Und dann sah er plötzlich Richard Falger vor seinem Bett. »Wir sind über dem Berg, Herr Lenz«, sagte er. »Sie wollen doch leben, nicht wahr?«

Der Kranke schaute ihn erschüttert an. »Ich weiß, Sie haben mich gerettet, Doktor!«

»Ich allein hab es nicht getan, Herr Lenz! Ich tat nur meine Pflicht.«

Otto Lenz schwieg lang. Er hätte jetzt so gern die

Hand dieses Menschen ergriffen, um sich daran festzuklammern. »Ich will leben, Doktor! Ich muss leben!«

»Sie werden leben!«

An diesem Tag durfte Lydia den Kranken besuchen. Ihre Unterredung blieb ohne Zeugen. Doktor Richard Falger betrat das Zimmer erst, als Lydia längst wieder gegangen war.

»Es ist alles gut, Doktor! Ich hab heut eine wunderbare Kraft in mir. Das ist wohl der Sieg, den wir feiern durften. Es gibt eine Welt der Lüge und Schlechtigkeit, man kann sie nur nicht erkennen, wenn man sie nicht von richtiger Perspektive aus sieht. Denn solange man nur von ihr umgeben ist, vermag man sie nicht zu erkennen. Ich habe erkannt, dass Lydia für eine solche Welt zu schade ist. Sie gehört zu den anderen und besseren Menschen. Sie gehört nach Thalend! Sagen Sie das nicht auch?«

Doktor Falger schwieg. Sein Gesicht war seltsam bewegt, als er nach seiner Hand griff und den Puls kontrollierte. »Es gibt überall tapfere Herzen, Herr Lenz, auch in der Welt, die Sie heut der Lüge und Schlechtigkeit bezichtigen.«

»Glauben Sie?«

»Ja. Sie haben Besuch bekommen! Vor der Tür warten eine Frau und ein Kind.«

»Ist das wahr?«

»Sie dürfen sich nicht aufregen. Ich wünsche, dass es Ihrer Kraft und Genesung förderlich ist.«

»Doktor!«

»Nun?«

»Ich kann es nicht glauben!« Der Kranke suchte das

Gesicht des Arztes. »Ich bin bereit! Bitte, Doktor, bringen Sie mir meine Frau – und mein Kind!«

Richard Falger drückte seine Hand und ging.

Als dieser Tag sich seinem Ende zuneigte, stand Richard Falger im Zimmer Lydias. Seine Aufgabe hier war erfüllt, nun rief ihn wieder die Pflicht zurück in sein einsames Bergdorf.

»Ich habe manchmal ein ganz seltsames Klingen in den Ohren«, gestand sie. »Oft denke ich, es sind die Glocken von Thalend, so wie ich sie gehört habe in der Heiligen Nacht, als wir zusammen zur Mette gingen. Dann aber ähnelt es wieder der Orgel, die wir aus den Gletscherstuben gehört haben. Ich weiß es nicht zu deuten, Richard. Es ist so viel Heimweh, so viel Liebe in diesem Klang, in diesem Atem des Bergwinters. Das bist du, Richard, du mit deinem Haus und mit deinem Dorf!«

Er hatte hoffenden Herzens bis zum letzten Augenblick auf eine solche Wendung gewartet. Und jetzt, da er sich der Tatsache gegenübersah, stand er davon überwältigt vor ihr.

Er nahm sie stumm an sich.

Sie spürte die Kraft seines Herzens.

»Lydia! Komm mit mir heim nach Thalend!«